三弥井古典文庫

芭蕉・蕪村　春夏秋冬を詠む

春夏編

深沢眞二／深沢了子　編

目次

はじめに――概説　2
凡例　21
春
一　新年　24
二　花　48
三　蛙　70
四　三月三日　90
五　行く春・暮春　110
夏
六　衣更え　132
七　五月雨　152
八　ほととぎす　170
九　若葉　188
十　短夜　208

はじめに――概説

この本の構成について

日本の文学においては、先行する文学作品の表現を利用し、時としてはオマージュ（賞賛）やパロディ（戯画化）をもまじえて、新しい作品を制作することが基本であった。だが、先行する文学を模倣していればよいというのではない。古人に学びながらいかにしてオリジナリティを主張するか、ということが作者たちの工夫のしどころであった。芭蕉と蕪村の俳諧作品もまた、古人を意識しながら書かれたものである。また、その方法論を説く俳論は（およびその前提となった歌論も連歌論も）、古代以来の文学的試行錯誤の成果の集積とも言える。それらをとりあげて、背後にある文学的表現の歴史をふりかえってみたい。

この本では、季題ごとに章をまとめている。季題とは季語とほぼ同じ意味で、主として俳諧・俳句で用いられる術語である。ただ、季題と季語の微妙な違いを説明すれば、季語は特定の季節に属するものごとを示す言葉であるが、季題は、言葉そのものというよりは、ある季節に属する特定のテーマと言えるだろう。たとえば、「正月」「元日」「年あらたまる」「お年玉」「松飾り」「鏡餅」などの季語は、大きくくくれば「初春《はつはる》」というような季題に入る。「初春」もまた季語であるけれども、季語「初春」より季題「初春」のほうが表現の幅が広い。「初春」という季語を使って句を詠めと言われればそうするしかないが、「初春」という季題によって句を詠めという話ならば、「初春」の語そのものを使わなくても詠作可能である。

また、季語を使っていないのに、ある季題が表現されている場合だってある。たとえば、

年〳〵や猿に着せたる猿の面　芭蕉（『薦獅子』）

は、原本に「元旦」という前書があるので、猿回しが毎年の正月元日に決まってやってくることを言っていると思われる。しかし、五・七・五で計十七音の中に、季語らしい季語はない。句の意味によって、「元旦」という季題に適っていると言える。

では、本題に入る前に、前提として知っておいてほしい、古典文学の基本的事項を簡単に説明しておこう。

和歌について

かつて日本には固有の文字がなかった。大陸との交易によって漢字が輸入されて、漢字を使って日本語が記録されるようになる。上代の日本で歌われていたさまざまな「うた」も、漢字によって

記録されていた。その代表的歌集が『万葉集』である。なお、『万葉集』でもっとも新しいとされる歌は、七五九年に作られている。『万葉集』には長歌（音節数を、五・七・五・七……と繰り返して最後は七・七で結ぶ）、旋頭歌（五・七・七・五・七・七）、仏足石歌（五・七・五・七・七・七）、それに短歌（五・七・五・七・七）といった歌の形式が見られる。

平城京の時代（奈良時代、七一〇年に平城京遷都）の前後は、大陸では唐（六一八年〜）の全盛のころで、日本からも六三〇年以来、遣唐使が派遣されていた。そのために、文化の面でも唐風の輸入文化が栄え、漢詩が盛んに作られ、和歌は低調であった。以前は国風暗黒時代と呼ばれていたが、最近は唐風謳歌時代という呼び方もされる。しかし、さしもの唐も次第に衰弱し、八九四年には遣唐使が廃止され、九〇七年にはついに滅びた。すると、日本の文学でも和歌が台頭してきた。その中心は短歌形式であり、貴族社会の社交や恋愛に不可欠な手段として発展した。歌集の成立という点から言えば、九〇五年の『古今和歌集』を初めとして、勅撰集《ちょくせん》（天皇の命令によって編纂された歌集）が繰り返し作られるようになった。第二勅撰集『後撰和歌集』、第三勅撰集『拾遺和歌集』までを「三代集」と呼ぶ。以下、『後拾遺和歌集』『金葉和歌集』『詞花和歌集』『千載和歌集』と続き、一二〇五年成立の第八勅撰集『新古今和歌集』までを「八代集」と呼ぶ。そして、勅撰集は全部で二十一作られたので、その全体を二十一代集と呼ぶ。

歌における「情」と「詞」

平安京の時代（平安時代。七九四年平安京遷都）、和歌の発達にともなって、「どのように和歌を詠めばよいか」を説く歌論も発達した。歌論は、初期には唐の詩論の影響を強く受けていたが、やがて和歌独自の詠歌理論が育っていった。平安時代の終わりごろから鎌倉時代（一一九二年開幕）の初めのころに歌壇を主導し、歌論を著してそれ以降の和歌の詠み方を定めたのは、藤原俊成（一二〇四年没）・藤原定家（一二四一年没）の親子であった。

定家の著した『詠哥之大概《えいがのたいがい》』には、次のような主張がある。〈 〉は古注、（ ）は古注を含めて現代語訳したものである。

情は、新しきを以て先《せん》とす。〈**人の未だ詠まざるの心を求め、これを詠む。**〉
（和歌の心は、新しいことが優先される。他人がまだ詠んでいない心を求めて、それを詠む。）
詞は、旧《ふる》きを以て用ふべし。〈**詞は三代集を出《い》づべからず。**〉
（和歌に使う言葉は、旧いものを使うのがよい。その言葉は三代集の範囲を出てはならない。）

この主張によって、和歌では、先行する和歌作品の表現方法（とくに言葉の選択）との関係を意識してその範囲内で詠むようにしながら、内容面（情／心）ではオリジナリティを主張するのがよろしい、という認識が固定されたのである。

連歌について

連歌は、短歌形式の和歌を上句《かみのく》（五・七・五）と下句《しものく》（七・七）に分解して、それぞれ別の作者が詠むという形から始まった。これを短連歌という。やがて、上句・下句と作られたあとにまた上句を付けて、さらに下句・上句とつないでゆく形式に発展した。これを長《ちょう》連歌という。和歌の数は「首《しゅ》」で数え、連歌の句の数は「句」で数える。長連歌は原則、百句で一つの作品（一巻）とし、これを百韻といった。鎌倉時代後期以降は長連歌が一般的になって、「連歌」と言えば長連歌を指すようになった。また、最初に詠み出される上句を「発句《ほっく》」、それに付けた下句を「脇《わき》（脇句《わきく》）」という。

また、長連歌は、和歌的情趣を好む有心《うしん》連歌と、滑稽を主とする無心連歌に分化した。有心連歌は、あくまでも和歌の傍流という意識で作られていて、和歌が詠む世界からはみださないという了解があった。そしてまた、典拠として用いてよい和歌にも制限があった。たとえば、二条良基によ る連歌のルールブック、一三七二年成立の『連歌初学抄』には、「本歌事」という項目があって、

凡《およ》そ新古今已来《いらい》之《の》作者、これを用ふべからず。

（だいたいのところ、『新古今和歌集』よりも新しい歌人の歌は、本歌として使うことはできない。）

と言っている。すなわち、『詠哥之大概』では三代集までとされていたのに、時代が下った分、連歌では定家の時代の作者たちの和歌までを「本歌」にしてよいことになったのである。

本意ということ

室町時代（一三三八〜一五七三年）末までに、和歌・連歌を通じ、さまざまな主題について、「＊＊という主題はこう詠まねばならない」という約束事が成立した。その約束事を「本意」という。たとえば、連歌師の紹巴《じょうは》（一六〇二年没）が、豊臣秀吉にあててわかりやすく連歌の基本を説明した『連歌至宝抄』という連歌論書には、次のようなことが書かれている。

また、連歌に本意と申す事候。たとひ春も大風吹き、大雨降るとも、雨も風も物静かなるやうに仕り候事、本意にて御座候。春の日も事によりて短き事も御入り候へども、いかにも永々しきやうに申し習はし候。

（また、連歌には本意ということがございます。たとえ実際には、春にも大風が吹き、大雨が降ることはあるとしましても、連歌では春と言えば雨も風も物静かなるように詠み出しますことが、本意というものでございます。春の日も、場合によっては短く思われることもありましょうけれども、いかにも永々しいように申しならわしております。）

いかに現実の現象であっても、それをそのまま詠んではいけないのである。春といえば天気も穏やかで日が長いもの、がお約束である。歌や連歌は、あくまでも理想の春を詠まなくてはいけない。そのような、さまざまな主題の、美的な意味での理想のあり方が「本意」である。「本意」を身に付けていなければ、歌でも連歌でも、詠むことがかなわないのであった。

言い方を換えれば、「本意」とは、日本の古典文学の伝統の中で培われた美意識のエッセンスである。

俳諧について

俳諧とは、そもそもは「俳諧之連歌」と称されていたジャンルで、「滑稽な連歌」の意味で受け止められてきた。つまり、笑いの要素を含む連歌である。無心連歌はこれにあたる。和歌や連歌では使われない卑俗な言葉を「俳言《はいごん》」としてわざと使ったり、駄洒落（当時は「秀句《しゅうく》」と呼ばれた）を用いたり、古典をパロディにして取り入れたり、さらにはナンセンスなことや卑猥なことまでも詠み込んだりする。当初、ほとんどは「言い捨て」として記録もされなかったが、『菟玖波《つくば》集』

（一三五七年）には「俳諧」の部が設けられ、室町時代後半には『犬筑波集』『竹馬狂吟集』のような俳諧の集が登場する。江戸時代（一六〇三年開幕）に入って、識字層が広がるにつれて俳諧の作者も増え、連歌をしのぐほどの文芸になった。とくに、芭蕉《ばしょう》（一六四四〜一六九四年）と蕪村《ぶそん》（一七一六〜一七八三年）は、江戸時代の俳諧の二人の巨人である。

芭蕉の紹介

芭蕉は、一六四四年（正保元年）、現在の三重県伊賀市の伊賀上野赤坂町に住んでいた松尾与左衛門の次男として誕生した。松尾家は藤堂藩において「無足人《むそくにん》」（無給・準士分の農民）という階級に分けられていた家だが、与左衛門はその資格を失って上野城近くに移り住んでいた農民であった。芭蕉が武士の家の出身だというのは誤りである。芭蕉は、十代後半には、伊賀上野城の城主・藤堂新七郎家の台所方へ奉公に上がった。そこで若君（芭蕉より二歳年上）の藤堂良忠《よしただ》・俳号「蝉吟《せんぎん》」の俳諧のお相手として目を掛けられ、「宗房」（本名としては「むねふさ」で俳号としては「そうぼう」か）の名で俳諧の発句を残すようになった。

当時の俳諧は、貞門《ていもん》と呼ばれる流派の盛んな頃であった。貞門は貞徳《ていとく》（松永氏）を中心とする俳諧グループで、言葉遊びをもっぱらとして連歌的本意を重んじる、穏やかな作風の流派だった。蝉吟は貞門の中でも季吟《きぎん》（北村氏）の指導を受けており、当時宗房名の芭蕉も、蝉吟のお相伴をして、季吟の俳諧の流儀を学んでいたらしい。

その蝉吟が、一六六六年（寛文六年）、芭蕉が数え年で二十三歳の時に死ぬ。芭蕉はその後二十九歳で江戸に下り、やがて三十五歳で職業的俳諧師として独立した。三十歳代の彼は、宗因（西山氏）を指導者として仰ぐ談林《だんりん》俳諧の影響を受けており、三十二歳の時には江戸にやってきた宗因と俳諧の席で一座してもいる。談林は、連想語を駆使して奔放な空想やナンセンスや価値の転倒を俳諧に持ち込み、当世風俗を詠み込むことにも積極的な流派であった。なお、当時の俳号はもっぱら「桃青《とうせい》」で、「芭蕉」とも名乗るようになったのは三十八歳以後である。

ところが、三十七歳だった一六八〇年の冬、彼は日本橋の繁華の地から、隅田川の対岸のさびしい深川に引っ越し、隠居してしまう。そして、芭蕉独自の俳諧の模索が始まったのである。また、旅をしてその経験をもとに俳諧の句文を連ねた作品（紀行文）にまとめるという営為は、隠居して以降のことであった。四十歳代の芭蕉の、実際の旅の履歴とそれによる紀行文とをまとめてみよう。

・一六八四年（貞享元年）四十一歳の秋から翌年の春にかけて
　江戸から伊賀へ帰郷、伊賀を拠点に尾張・大和・近江・美濃を巡遊した。
　↓『野ざらし紀行』（『甲子吟行』）

・一六八七年（貞享四年）四十四歳の八月
　江戸から鹿島神宮まで往復した。　↓『鹿島詣《かしまもうで》』（『鹿島紀行』）

・同年冬から翌年初夏にかけて

江戸から伊賀へ帰郷、伊賀を拠点に尾張・伊勢・大和（とくに吉野）・紀伊・摂津（とくに須磨・明石）を杜国《とこく》と共に巡遊した。　↓『笈の小文』

・一六八八年（貞享五年＝元禄元年）四十五歳の八月

越人《えつじん》と共に、名古屋から信濃の更科を経由して江戸に戻った。　↓『更科紀行』

・一六八九年（元禄二年）四十六歳の三月から九月

曽良《そら》と共に、江戸から奥州・出羽・北陸道・近江をめぐって美濃の大垣に着いた。

↓『おくのほそ道』

そのあとも、伊賀や、京や、近江の大津などに滞在しながら旅を続け、一六九一年（元禄四年）、四十八歳の十月に江戸に戻った。それから約二年半は江戸にとどまっていたが、一六九四年（元禄七年）、五十一歳の五月に江戸を発ってまた伊賀へ帰郷し、九月には奈良を経て大坂（当時はこの表記）に出て、大坂の市街地で病のため床に臥し、同年十月十二日、没。

芭蕉は、謡曲を含む日本の古典文学をはじめ、漢詩文や、『荘子』のような漢籍の思想書や、禅宗とそれに関わる茶道の言説等の影響を受けている。それらを背景に、隠居から一六八九年の旅までの期間には「侘《わ》び」や「寂《さ》び」、それ以後は「不易流行」や「かるみ」といった文芸上の理念を掲げて門人たちを指導した。芭蕉に始まる俳諧の流派を「蕉門《しょうもん》」と言い、その俳風を「蕉風《しょうふう》」と言う。芭蕉自身、貞門・談林・蕉風という俳諧の変化を体験してきた作者であり、生涯の作品を見ると実に多様である。門人たちにしても、芭蕉のどの時期のどの側面を尊重するかによって、俳諧上の主義主張にずいぶんな幅がある。

明治なかばから現代に至るまで、俳句という新たな文芸が盛んとなり、その基本的な発想法として「写生」という方法が唱えられてきた。近現代の俳壇においても芭蕉はなお敬愛されてきているが、芭蕉の俳諧作品も、ともすれば「写生」という方法で詠まれたものとして解釈されがちであった。つまりそれは、現代の俳風の見地から芭蕉を読んで時代考証を意に介さない解釈と言えるだろう。それはそれで「批評」として有り得る姿勢だとも思うが、「研究」としてさらに芭蕉に迫るためには、芭蕉の古典認識を追求し、とくに題の「本意」をどのように操作して俳諧作品が生み出されたのか――俳諧としての意図はどこにあるのか――を見極める必要がある。

芭蕉は本意をどう扱ったか

基本的に、江戸時代の俳諧は、「本意」から次第に離れていった。その潮流の中でも、芭蕉は、「本意」にこだわり、古典的美学に帰ることをめざした人である。どちらかというと文学的保守派なのである。その姿勢は弟子にも引き継がれた。芭蕉の弟子の去来《きょらい》に、俳論書『去来抄』があるが、そこに次のような逸話がある。

夕ぐれは鐘をちからや寺の秋　風国《ふうこく》

この句はじめは「晩鐘《いりあい》のさびしからぬ」といふ句也。句は忘れたり。風国曰く、「頃日《けいじつ》山寺に晩鐘をきくに、かつてさびしからず。よって作す」。去来曰く、「これ、殺風景也。山寺といひ、秋の夕べといひ、晩鐘といひ、さびしき事の頂上也。しかるを、一旦遊興騒動の内に聞きて、さびしからずといふは、一己《いっこ》の私《わたくし》也」。国曰く、「この時この情有らば、いかに。情有とも作すまじきや」。来曰く、「もし情有らば、かくのごとくにも作せんか」と、今の句に直せり。勿論、句すぐれずといへども、本意を失ふ事はあらじ。

（「寺に秋が来た。夕暮には、寂しいはずの寺の鐘でも、寂しさを耐える力になるほどだ。」作者は風国。／この句は、はじめは「晩鐘《いりあい》のさびしからぬ」というような句だった。句は忘れた。風国が言った。「このごろ、山寺で夕べの鐘を聞いたところ、少しも寂しくなかった。それで作った」。去来が言った。

「これは、殺風景というものだ。山寺といい、秋の夕べといい、晩鐘といい、さびしき事の頂上ではないか。それを、たまたま遊びに行ってみんなで騒いでいた気分の中で聞いて、『さびしからず』と表現するのは、ただ自分ひとりの個人的感想だ」。

風国が言った。

「その時その気持ち（さびしからぬ）があったとすれば、どうすればよいのか。気持ちがあっても句に詠んではいけないのか」。

去来が言った。

「もしそんな気持ちがあったとしたら、こんなふうに作ったらよいのではないか」

と、今の句（夕ぐれは鐘をちからや寺の秋）に直した。もちろん、句はすぐれていないけれども、本意を失ってはいないだろう。）


風国は自分自身の実感に従って、たとえば「晩鐘《いりあい》のさびしからぬ□□□□□」といったような句を作った。去来はそれを「寺の秋の晩鐘の本意に反する」として批判した。そして「夕ぐれは鐘をちからや寺の秋」（寺の秋の夕暮れは余りに寂しくて、普通なら寂しさを感じさせる鐘の音さえも、かえって力と頼む気にさせるほどだ）という対案を示し、「これなら本意に反しないだろう」と主張している。去来は芭蕉の教えに忠実な弟子で、この逸話も芭蕉から教えられた本意尊重の姿勢が表れたものと理解できる。本意に反することなく、アレンジで勝負するのが、本来の芭蕉流俳諧だったと言えよう。

芭蕉の詠んだ「秋の暮」については、本書第十五章で述べる。

弟子の許六《きよりく》が描いた、芭蕉と曽良の「細道行脚図」（天理図書館蔵）

蕪村の紹介

蕪村の出生については謎に包まれている。一七一六年（享保元年）に生まれ、故郷は大坂郊外淀川右岸の毛馬村だと自ら述べているが、両親についてはわかっていない。四十歳代で結婚し、くのという娘を得た。「与謝」という姓は四十歳を過ぎてから名乗り始めたもので、他に「谷口」の姓も伝わる。二十歳前後の頃江戸へ下り、絵画と俳諧の修行に励んだ。一七五一年（宝暦元年）、

蕪村『十宜帖』より「宜晩」（川端康成記念館蔵）

蕪村筆「おくのほそ道」画巻より（京都国立博物館蔵本）

三十六歳の時京都に移り、まず画家として身を立てた。南画（中国風絵画、文人画）の大成者として知られ、代表作に池大雅との競作『十便十宜図《じゅうべんじゅうぎ》』（国宝）や『紅白梅図』（重要文化財）などがある。一方では俳画を得意として、弟子の几董《きとう》に宛てた書簡で「はいかい物之草画《もののそうが》、凡海内《およそかいだい》に並ぶ者覚《おぼえ》無之《これなく》候。」（俳諧ものの略画（俳画）では、天下に私と並ぶ者はないと思います）と述べている。とりわけ、芭蕉の『おくのほそ道』の全文を写し、そこに独特の挿画を加えた『奥の細道図』は繰り返し描いている。画家としての号に謝長庚《しゃちょうこう》・謝春星・謝寅《しゃいん》などがある。

俳諧の方面では、江戸に下った際、巴人《はじん》という俳諧師に入門した。最初の号は宰町《さいちょう》（宰鳥とも）、一七四四年（寛保四年）、二十九歳の時から蕪村の号を使い始めた。巴人は其角《きかく》・嵐雪《らんせつ》の弟子で、俳系を示せば、

芭蕉—其角・嵐雪—巴人—蕪村

ということになる。其角は、師の芭蕉とは俳風を異にし、江戸の都会的な作風で知られる。それを引き継ぐ蕪村も、「江戸座風」と呼ばれる洒落た俳諧を好んだ。芭蕉に憧れつつも、さまざまな俳風を吸収してその時々で自分が良いと思う俳風を選ぶ（『春泥句集』序）という俳諧観のもと、趣向を重視した作品が多い。とりわけ、日本だけでなく中国の古典に取材した点や、滑稽性の重視、機知と詩情の両立といった点に特徴がある。俳諧の分野での本格的な活動は五十歳を過ぎてからで、一七七〇年（明和七年）三月、立几《りっき》（俳諧宗匠として独立）した。その際、巴人が名乗っていた「夜半亭」の号を継承している。几董《きとう》・大魯《たいろ》・召波《しょうは》・月居《げっきょ》・月渓《げっけい》（呉春）をはじめ関西一円に弟子を持ち、江戸や名古屋の俳人とも活発に交流した。一七八三年（天明三年）十二月二十五日、京の自宅で死去、六十八歳であった。

蕪村が編集した俳書には『夜半楽《やはんらく》』『も丶すも丶』『花鳥篇《かちょうへん》』などがあり、没後には『蕪村句集』『蕪村翁文集』も刊行された。また、自ら選んだ句を集めた『蕪村自筆句帳』は、娘の結婚の

資金のために没後分割頒布されたが、現在復元され、蕪村の俳諧の研究にとって重要な資料となっている。また、従来の俳諧のスタイルにとらわれない「俳詩」を考案、代表作に「春風馬堤曲《しゅんぷうばていのきょく》」がある。

蕪村は本意をどう扱ったか

蕪村の時代は、俳諧が連句中心から発句中心へと移り変わっていく時であった。現在伝わる芭蕉の発句は九百八十句（『校本芭蕉全集』富士見書房）、短いものも含めて連句は三百七十四巻（同）、これに対して蕪村の発句は二千八百四十二句（『蕪村全集』講談社）、連句は百二十五巻（同）。単純には比べられないにせよ、割合の差は顕著である。蕪村は句会を開いては発句の修練に励んだ。句会では、題に即して句を詠む「題詠」が行われたが、多くは季題であり、その本意が重んじられた。本意を前提とした上で、いかに新しい工夫を盛り込むかが句作のポイントとなったのである。蕪村の句評を見ると「あまた聞たる趣向也」（ありふれた趣向だ）、「古き案じ場也」（趣向の立て方が古い）、「小さき見付所なれどもおもしろく候」（目の付け所はささいなものだが、おもしろい）など、句の趣向に絡むものがよくみられる。例えば、「梅」題で句を詠むことについて、蕪村は門人に次のようなことを述べている。

堪能《かんのう》の上には、あやある句もうちひらめなる句も、みな宜《よろしき》に叶可申《かなひまうすべく》候。さなきは只《ただ》あらたなるより又あらたなるこそ願はしかるべく候。しかし其《その》新意を探得《さぐりう》る事は、きはめてかたき事に覚《おぼえ》候。況《まして》梅の題などは、いにしへより幾千万吟ぞや。崑山《こんざん》の片玉《へんぎよく》もさがしもとめざる隈《くま》なく、桂林の一枝も折《をり》のこしたる梢だになく候。今はいかゞすべき（中略）愚老もかくはまなこつけ候へ共《ども》、もとより不堪《ふかん》なれば、明《あきら》かに新古の境を申分《まうしわか》つべくも覚ず候。

（安永七年（一七七八）十二月　推定几董《きとう》宛書簡）

（俳諧の道にすぐれた者なら、技巧に秀でた句も、ありきたりで陳腐な趣向の句も、みなまあまあの出来に仕上げるでしょう。そうではなく俳諧に堪能でない者はただ新しい上に新しい趣向を立てることが望ましいのです。しかしその新しさを探り出すことは、極めて難しいことと思われます。まして梅の題の句など、昔から幾千万吟詠まれてきたことでしょうか。崑崙の山から出る宝玉のかけらを探し求めていない片隅もなく、美しい林の一枝も折り残した梢はありません。今はいったいどうしたらよいのでしょう。（中略）愚老（私）もこのように目を付けてはいるのですが、もとより未熟者であるため、はっきりと新古の境を申し分かつことはできないように感じます。）

「崑山の片玉」「桂林の一枝」は『晉書《しんじょ》』（中国の正史の一つ）に見える言葉で、ここでは新しい趣向、またそれによって作られた句を指している。「梅」のような一般的な題の句は、もう新しい趣向は出尽くしてしまったというのである。確かに「梅」は『万葉集』の時代から読み継がれてきた題材で、歌も俳諧の作品もそれこそ「幾千万吟」存在する。それでも、この手紙の中で蕪村は自身の「梅」の句を例示している。その中から二つ取りあげてみよう。まず、

かはほりのふためき飛《とぶ》や梅の月

は、「よのつねおもひよる句」。また、

梅咲て帯買ふ室《むろ》の遊女かな

は、「別に趣向をもとむる句」と断りがある。第一の句は、「かはほり」すなわち夏の動物であるコウモリが、春月に照らされる白梅の明るさやその香りにうっかり誘い出され、あわてふためいて飛ぶさまを詠んだもの。「かはほり」は和歌でも詠まれないことはないが作例は少なく、それが「ふためき飛《とぶ》」さまは俳諧ならではの俗の話題である。「梅」は他の花に先駆けて春の訪れを告げる花。異なる季節のものを登場させて「梅」の美しさや香りを際立たせているのだが、これは誰でも思いつく発想だという。一方、第二の句はどうだろう。「室」は播州室津（兵庫県）で、遊女発祥の地とされる港町である。海の荒れる冬の間意気消沈していた町が、春の訪れと共に賑わいを取り戻し始め、遊女達もうきうきと楽しげに新しい帯を選んでいるという。春の訪れとその喜びを感じさせる花という「梅」の本意を、「港町の遊女が帯を買う」という俗の話題で表現した新しさが特徴的だが、さらに「室」という由緒ある土地を選んで「梅」にふさわしい品位を保っているところも蕪村

自慢の点だろう。凛とした香りの梅の花と、遊女達のイメージも重なる。季の違うものを取り合わせて意外性を狙うよりも、人の世の営みや人情というものの中から「梅」の本意に釣り合うものを探し出す方が手法としては高度で、「別に趣向をもとむる」句（一般的発想と異なった趣向を求めた句）とするのもうなづける。このように、蕪村は句を作る際、季題の本意を最もよく活かす趣向を見つけようと工夫を凝らしていた。本書では、そうした蕪村の工夫を読み解いてゆく。

凡例

一、各章は、次のように構成した。

（1）冒頭にテーマとなる季題を掲出し、概説する。その季題が古典の中でどのように詠まれてきたものか、資料として和歌・漢詩・物語などを挙げながら解説する。

（2）芭蕉とその周辺作者の俳諧作品。

（3）蕪村とその周辺作者の俳諧作品。

（4）レポートの課題として、自分で調べて考える題材を示す。

このうち、（2）（3）ではとくに、

①本意との関わり（季題が歴史的に担っているイメージ・意味をどのように詠み込んでいるか）。

②俳諧性（工夫や新しさ、それに、笑いを誘っている点は何か）。

の二点について、丁寧に解説するよう心掛けた。また、一章に一つ、季題に関わるこぼれ話をコラムとして加えた。（S）は眞二《しんじ》、（N）は了子《のりこ》が担当している。

二、本書で引用する俳諧・和歌・漢詩などの作品については、以下のような方針をとった。

（1）和歌の引用は原則として、岩波書店の新・日本古典文学大系に収録されている歌集についてはそれにより、その他の歌は『新編国歌大観』による。ただし、読みやすさを考慮して各句を分かち書きにし、一部表記を改めた。

（2）『和漢朗詠集』は漢詩・和歌とも小学館の新編日本古典文学全集によった。ただし、片仮名表記を平仮名に直し、原本にない振り仮名を加えるなど、筆者が改変した部分もある。

（3）芭蕉・蕪村ほか俳諧作品については、原本の表記に従ったが、適宜濁点、句読点、引用符、振り仮名を付している。なお、『おくのほそ道』に関しては、芭蕉の意図に最も近いものとして、曽良本の訂正後の本文を使用している。

三、原則として原文の後（　）内に現代語訳を付けたが、解説の中で訳出した場合もある。

春

一 新年

明治五年（一八七二）まで、日本の暦は「太陰太陽暦」であった。現在一般的にそれを旧暦と呼ぶ。一か月は月（太陰）の満ち欠けにより新月から晦日まで、つまり月齢ゼロからゼロまで一巡りする間と決まっており、一か月の日数としては二十九日の月と三十日の月が不定期にやってきた。そうすると十二か月はだいたい三百五十四日になって、太陽の一年周期（三百六十五日と少し）より短くなる。そこで、暦の月が実際の季節の推移からあまりずれないように調整する必要があった。一年は十二か月ということに固定してほおっておくと、夏の暑い盛りに正月が来るというようなことになってしまうのである。具体的には、立春が正月元旦よりも遅くなりすぎた年には、閏《うるう》月を入れて一年間の月の数を十三にし、次の正月が立春の後に来るようにする。「十三番目の月」というのがかつては日常的に存在したのである。その閏月をどこに入れるかを決めるのは、古くは天文博士の仕事であり、江戸時代には幕府天文方の仕事であった。

　右に出て来た「立春」についても確認しておこう。立春は今でもよくカレンダーに書かれている二十四節気の一つである。二十四節気は、天球上の太陽の位置によって決められている。夏至・冬至は、それぞれ太陽がもっとも北または南に至る日であり、春分・秋分はその中間点で地球の赤道上に太陽が来る日である。そして、その四つの日の中間に立春・立夏・立秋・立冬がある。このあたりのことは学校の理科の時間に習ったことだろう。それら、二至、二分、四立を含めて、太陽暦の一年間をほぼ十五日ずつに分けたのが二十四節気である。さらに、二十四の各節気を三つに分けて成立したのが、近年流行の七十二候である。七十二候には江戸時代前期までのバージョンと、それ以降のバージョンがあるので、注意が必要。

さて、旧暦の時代の日本人にとっての「新年」には、正月元日を指す場合と、立春を指す場合とがあった。言い換えれば、月の満ち欠けによる暦と二十四節気と、二種類のカレンダーがともに使われていたということである。月の明るさや出入りの時刻によって人々の夜の過ごし方が変わるものだったし、お正月を祝うことを始めとして節供とか寺社のお祭りとか年中行事はだいたい暦の上の「何月何日」と決まっていたから、月による暦が生活の基本にあった。しかし一方で、たとえば穀物の種を蒔くとか収穫するとかのためには、二十四節気を参照して季節の歩みに即した作業をすることが必要だったのである。

元日が立春に当たる年はややこしくなくてよい。だが、たいていの場合、元日の前か後にずれて立春が来る。十二月の内に立春が来ることを「年内立春」といい、古典文学においては、ことさらに興じる題材となっていた。そのことは、『古今和歌集』が巻頭に次のような歌を掲げたことで広まった話題である。

1　『古今和歌集』(1) 巻一・春上・在原元方《ありはらのもとかた》

旧年《ふるとし》に春立ちける日、よめる

年の内に　春はきにけり　ひとゝせを　去年《こぞ》とやいはむ　今年とやいはむ

（旧年のうちに春が立った日、詠んだ。／まだ一年の終わらないうちに立春となってしまった。今日が属している一年を、去年といったらいいのか、今年といったらよいのか。）

『古今和歌集』は最初の勅撰和歌集であり、その後に続く歌集の規範となった。理屈をこねて頭の中でこしらえた歌という批判もあるものの、勅撰集のいちばん最初の歌としての影響力は大きかった。立春を過ぎたのに年の暮、という奇妙な時間を不思議がってみせている。ハテ新年を祝ってよいのでしょうかナ、と、初春にふさわしい、はずんだ心持ちで興じているのである。なお、勅撰集の四季の部は、春の始まりから冬の終わりへ向かって実際の季節が展開していくように歌を並べる。冬（年の内）と春（立春）が同居したこの歌は、すっぱりと春からスタートさせるのではなく、冬から春へという季節の変わり目を提示することで、循環する季節の原理を示している。

さて、新年ないし新春の到来に当たって「あけましておめでとうございます」と言い交わし、慶びを以て祝うことは、いつの時代も変わりない。

2 『万葉集』(2) 巻二十・大伴家持《おおとものやかもち》

新《あらた》しき　年の初めの　初春の　今日降る雪の　いやしけ吉事《よごと》

(新しい年の初めの初春の今日降る雪のように、ますます積もれ、良いことが。)

この歌には「三年の春正月一日、因幡《いなば》の国庁《こくちやう》に於《お》いて、饗《きやう》を国郡《こくぐん》の司《つかさ》等に賜《たま》ひて宴せし歌一首」という詞書がある。天平宝字三年(七五九)の春正月一日、大伴家持が因幡の国庁で、国や郡の役人たちを饗応したときの歌である。この時の宴会は公的なものであったから、なおさらに、「この一年が良い年でありますように」という言祝《ことほ》ぎが求められたのだろう。この家持の歌は、『万葉集』のいちばん最後(巻軸)の一首であり、『万葉集』全体を祝意によってめでたくしめくくる役割も持たされている。

新年の歌の詠み方のパターンはいくつもある。そのひとつに、「霞」を詠みこむことが挙げられる。

注

(1) 平安初期の最初の勅撰和歌集。二十巻。延喜五年(九〇五)醍醐天皇の勅令により、紀貫之、紀友則、凡河内躬恒、壬生忠岑が撰。延喜十四年頃成立。

(2) 現存最古の歌集。二十巻。数次の編纂を経て、奈良時代の末から平安時代の初めにかけて、大伴家持らによって現在の形に近いものにまとめられたと考えられている。

3

『拾遺和歌集』(1) 巻一・春・一番歌(壬生忠岑《みぶのただみね》)と三番歌(山辺赤人《やまべのあかひと》)

平定文《たいらのさだふん》が家歌合に詠み侍《はべり》ける

春立つと　いふ計《ばかり》にや　三吉野《み》の　山もかすみて　今朝は見ゆらん

(平定文《さだふん》の家の歌合で詠みました。／立春になったというだけで、み吉野の山も今朝は霞んで見えるのだろうな。)

霞を詠み侍《はべり》ける

昨日こそ　年は暮れしか　春霞　春日《かすが》の山に　はや立ちにけり

(霞を題として詠みました。／昨日、一年が暮れたばかりなのに、早くも今朝は、春霞が春日の山に立っていたよ。)

霞は春の象徴なのである。『拾遺和歌集』以後、勅撰集の多くが、巻頭に霞を詠んだ歌を置くようになった。一番歌は、立春になったその朝からさっそく吉野山に霞が立ち、春らしい景色になったというもの。三番歌は立春の歌とも元日の歌とも取れるが、春日山に「はや」霞が立ったと言っている。事実そうだと言っているのではなく、暦の上で春になったらすぐに霞が立つという堅い本意をイメージの上で詠んでいるのである。ともに霞の立つ場所として名のある山を詠み込んでいる。

吉野山が桜の名所として定着するのは『拾遺和歌集』よりもう少し後のことで、当時は雪と詠み合わされることが多かったから、一番歌では雪の白さから霞の白さに移り変わったという季節の変化を味わうべきであろう。一方の三番歌では「かすがの山」が「春日の山」すなわち「春の日の山」と書かれるということが重要で、だからこそ春霞が立つにふさわしい山なのである。

連歌からも、年が改まると霞が立つという本意を詠んでいる発句を挙げておこう。

4 『連歌大発句帳』春部の発句

去年《こぞ》立し春も今朝しる霞かな(2)

(旧年の内に立春が来たということを、今朝、霞が立っていることで知ったよ。)

としの内の春も今朝立かすみかな　昌叱

(年内立春ではあっても、その立春の朝にはちゃんと霞が立っているよ。)

注

(1) 三番目の勅撰和歌集。花山法王を中心に寛弘二～四年(一〇〇五～七)年頃成立。

(2) 『連歌大発句帳』は、十五世紀後半の宗祇の時代から江戸時代初期までの連歌師の発句の類題集。古活字版として出版された。引用は古典文庫の翻刻による。「去年立し」句には、宗長句集『壁草』に拠ったという注記がある。

いずれも、「年内立春」の話題に「霞」を結びつけていて、句の内容としてはほぼ同一である。連歌ではこのように、和歌の本意を固定的に継承していた。

ここで1歌の近代の評価について触れておきたい。明治三十五年（一九〇二）に没した正岡子規(1)は、「年内立春」を詠んだ『古今和歌集』の巻頭歌を槍玉に挙げて、次のように発言した。

5 正岡子規「再び歌よみに与ふる書」（部分）

貫之《つらゆき》は下手な歌よみにて『古今集』はくだらぬ集に有之《これあり》候。（中略）先づ『古今集』といふ書を取りて第一枚を開くと直ちに「去年とやいはん今年とやいはん」といふ歌が出て来る、実に呆《あき》れ返つた無趣味の歌に有之候。（中略）ただこれを真似るをのみ芸とする後世の奴こそ気の知れぬ奴には候なれ。それも十年か二十年の事ならともかくも、二百年たつても三百年たつてもその糟粕《そうはく》を嘗《な》めてをる不見識には驚き入候。何代集の彼ン代集のと申しても、皆古今の糟粕の糟粕の糟粕ばかりに御座候。

要約すれば、『古今集』の編者の紀貫之は下手な歌詠みで、『古今集』はくだらない歌集であって、ことにその巻頭歌（1）はつまらない「無趣味」な歌であり、そうした歌を何百年も真似るばかりであった後世の歌人には見識というものがない、と子規は言う。文中の「糟粕」とはつまり「カス」であって、ずいぶんな罵りの口調である。これは『古今集』以来の和歌伝統と、それを基底に置く歌道の権威をまるごと否定する革命的な発言で、現代の眼から見ると『古今集』の機知的な方法論を無視する偏った主張のように思われる。しかし、時代を動かすためには、これくらいの大胆な攻撃が必要だったのだろう。子規の狙いどおり、この発言が明治の中頃の歌壇に与えた衝撃は大きかった。子規とそのグループは「写生」の方法によって歌を詠むことを主張して、和歌史は「短歌」の時代へと移っていったのである。

正岡子規（国立国会図書館、「近代日本人の肖像」ウェブサイトより）

注

（1）愛媛県出身の俳人・歌人。明治三十年創刊の雑誌「ホトトギス」、三十一年に結成した根岸短歌会において、写生俳句・写生文を主張、短歌革新運動を展開した。慶応三～明治三十五年（一八六七～一九〇二）。

6　芭蕉の発句

廿九日《にじゆうく》立春ナレバ
春やこし年や行《ゆき》けん小晦日《こつごもり》
（『千宜理記《ちぎりき》』）

芭蕉も「年内立春」を詠んだ。「十二月二十九日が立春なので」という詞書に、「春が来たというべきなのかなあ、年が暮れていこうとしていると言うべきなのかなあ、今日の『小晦日』には」という内容の句で、1の和歌の発想をなぞっていると言える。ただ、『伊勢物語』六十九段の

君や来《こ》し　我や行きけむ　おもほへず　夢か現《うつつ》か　寝てかさめてか

（あなたが来てくださったのでしょうか、私がそちらへ行ったのでしょうか、よくわからないのです。昨晩のことは夢だったのか現実だったのか、寝ている間のことだったのか、さめている時のことだったのか。）

の歌の調子を取り込んで見せた所が、言葉遊びとして面白い。

従来、十二月二十九日が立春であった寛文二年（一六六二）の作で、知られている芭蕉の発句の中ではもっとも若い時期のものと考えられてきた。内容も「年内立春」の本意そのままで理屈っぽ

く、貞門時代の芭蕉らしさを感じさせる。しかし、「小晦日」は「大晦日《おおつごもり》」の前日を指すことが一般的だったようで、寛文二年は十二月二十九日で終わるからこの句には当てはまらず、渋川春海《はるみ》が(1)唱えた改訂暦によって延宝元年（一六七三、春海説によれば、十二月は三十日まである大の月で、二十九日立春）こそがふさわしいとする説を、田中善信氏が立てている（『芭蕉　転生の軌跡』若草書房、一九九六年）。

7　芭蕉の発句

奈良に出《いづ》る道のほど
春なれや名もなき山の薄霞　（『野ざらし紀行』）

『野ざらし紀行』は貞享元年（一六八四）から翌年にかけて、江戸から故郷の伊賀上野に帰り、畿内から尾張のあたりを遊覧して江戸に戻るまでの紀行句文である。右は芭蕉四十二歳の新春に、伊

注

（1）江戸時代の暦算天文学者。父は囲碁棋士の安井算哲で、春海も幕府碁方であったが、宣明暦を改め貞享暦を作り天文方になった。最近、映画にもなった冲方丁の小説『天地明察』の主人公として有名。寛永十六〜正徳五年（一六三九〜一七一五）。

芭蕉の自筆自画『甲子吟行画巻』より、春の山の絵、『芭蕉全図譜』より転載

賀上野から奈良に出る道中の発句。一見、さらりとした、実景そのままの発句のように見える。だが、「新しい年が来ればすぐに霞が立つものだ」という本意と、大和国の吉野山や春日山が新年の霞の詠まれる歌枕であることを踏まえれば、芭蕉が狙ったのは「春になったようだなあ。名のある山ばかりでなく、名もなき山にも霞が立っている。奈良のあたり、吉野や春日山など名山の霞は堂々と立つのだろうが、名もなき山にも、おや、薄い霞が立っているな」というおかしみであろう。「無名の山でもそれなりの薄霞で春の到来に反応している」と、変わった角度から本意を見直したのであり、そう取らなければ俳諧にはならない。

ところで、元日に作る、祝意を込めた和歌や漢詩や発句を「歳旦《さいたん》」という。江戸初期には、俳諧の宗匠が門人たちの歳旦句を集めて、正月の配り物として「歳旦帖」を出版することが慣例となった。その年の一門の活動始めの本であり、門人の顔ぶれと自派の句風を示すものとして、宗匠にとって重要なアピールの機会であった。

初期の「歳旦帖」はふつう、発句（五七五）・脇（七七）・第三（五七五）のまとまりからなる「歳旦三ツ物《みつもの》」を巻頭に置き、続いて、一門の歳旦吟や歳暮吟（年末の題材を詠んだ発句）や、あるいは春か冬の句で始まる百韻・歌仙などを収録する。百韻や歌仙とは連句の形式の名称で、百句続くものを百韻、三十六句のものを歌仙という。しかし、江戸中期以降は、歳旦吟よりも、さまざまな春の景物を詠む春興句が中心となってゆき、それを「春興帖」と呼ぶ。

芭蕉の歳旦句を一つ挙げよう。元禄三年（一六九〇）の発句である。

8　芭蕉の発句

元禄三元旦／**みやこちかきあたりにとしをむかへて**

こもをきてたれ人ゐます花のはる

（真蹟草稿）

（元禄三年、元旦。／京都に近いあたりに新年を迎えて。／薦《こも》を着た乞食《こつじき》の姿で、どのような尊い聖がいらっしゃることか、このめでたき花の春。）

この年の四月十日付けの、大垣に住む門人の此筋《しきん》・千川《せんせん》宛ての書簡に、芭蕉はこの句を自分で解説し、その評判を記している。

五百年来昔、西行の撰集抄に多くの乞食《こつじき》をあげられ候《さうらふ》。愚眼《ぐがん》故、能人《よきひと》見付ざる悲しさ

に、二たび西上人をおもひかへしたる迄に御坐候《ござ》。京の者共《ども》は、こもかぶりを引付《ひきつけ》の巻頭に何事にやと申《まうし》候由、あさましく候。例の通《とほり》京の作者つくしたると、さた人々申《まうす》事に御坐候。

（五百年昔の、西行の著した『撰集抄』には、たくさんの乞食《こつじき》の聖が挙げられております。私は人物を見る目がない故に、すぐれた聖を乞食の中に見付けることができません。それが悲しくて、もういちど西行上人を思い出したまでのことです。京の俳諧作者どもは、「薦を被るような乞食の句を歳旦帖の引付巻頭に置くとは何事か」と言っているとのこと。あきれたことです。いつものことながら、京には俳諧の優れた作者がいなくなってしまったと、私の周りの人々と評判しております。）

文中の「引付」とは、歳旦三ツ物のあとに置かれる知友、門人の句をいう。芭蕉は、乞食の中に、西行が出会ったような尊い聖の存在を感受して、そのことを歳旦の祝言とした。しかし、「歳旦吟に乞食を詠むとは非常識だ」というのが「京の者共」の反応だったと言い、憤慨している。当時の京都に一般的な、語句の表面にこだわる俳諧に対して、精神的な価値を希求する芭蕉の俳諧。両者の質の違いがよく表れたエピソードである。この8に関するエピソードは「十六　時雨」のコラムでも触れる。

蕪村

蕪村には「年内立春」を詠んだ発句はない。技巧派の蕪村にしては意外な感じもするが、春が来たのに年は明けない不思議さ、不都合さは繰り返し歌われてきたから、新味を出すのは難しかったのだろうか。

それでは、蕪村の歳旦句を。

9　蕪村の発句

祇園会《ぎをんゑ》のはやしものは／不協秋風音律《しうふうのおんりつにかなはず》。／蕉門のさびしをりは／可避春興盛席《しゅんきようのせいせきをさくべし》。／さればこの日の俳諧は、／わか〳〵しき吾妻《あづま》の人の／口質《くちつき》にならはんとて、／安永丁酉春　初会

注

（1）平安後期の歌人。俗名佐藤義清《のりきよ》（憲清）。北面の武士として鳥羽院に仕えたが、二十三歳の時出家、法名を円位という。西行は号。諸国を行脚して歌を詠み、『新古今和歌集』には最多の九十四首が入集する。家集『山家集』。その生涯は『西行物語』などに伝説化された。元永元～建久元年（一一一八～一一九〇）。

歳旦をしたり皃《がほ》なる俳諧師　（『夜半楽《やはんらく》』）

（心ときめく祇園祭のお囃子は、／秋風楽のもの悲しい音律には調和しない。／蕉門の「さび」「しをり」の理念は、／閑寂すぎて新春の華やかな俳席では避けるべきだろう。／だから、新春の今日の俳諧は、／若々しい江戸の人の俳風に倣って作ろうと、／安永六年（一七七七）の初会に／歳旦句をいかにもうまくしてやったぞ、と得意げな俳諧師であることよ。）

安永六年（一七七七）、蕪村は『夜半楽』という春興帖を刊行した。書名は蕪村が師の巴人から受け継いだ「夜半亭」の号によっており、その夜半亭の楽曲という意味である。その名の通り、「春風馬堤曲」や「澱河歌」など歌曲のタイトルを持つ蕪村の俳詩が収められている。9はその冒頭の歳旦吟で、前書きに「祇園会のはやしもの」を出したのは、音楽仕立ての趣向による。「秋風」も雅楽の曲名である。

芭蕉の死後、門人たちはひとまとまりにはならず、その俳風をきちんと受け継いだ者はいなかった。地方には平明でわかりやすい俳風が浸透してゆく一方、都会では遊戯的な俳風が大流行し、やがてその反省から「芭蕉（の俳諧）に帰ろう」を合言葉とする「蕉風中興運動」が盛んになってゆく。中でも、芭蕉晩年の閑寂で余情を重んじた美的概念である「さび」や「しをり」を目標に掲げ、技巧をなくそうとする主張がはびこることになる。蕪村は芭蕉を敬愛しながらも、この傾向に反発し、あえて技巧と趣向に満ちた『夜半楽』を編集した。確かに、芭蕉の作風は生涯を通じてさまざまに変化したから、「さび」「しをり」だけでは説明しきれるものではない。前書に言う「わか〳〵しき吾妻の人」はそうした似而非《えせ》蕉風とは対照的な都会派俳人として江戸の俳諧を継いでいた巴人を指す、とする説がある。また、若い頃に江戸で巴人に学んだ蕪村自身を指すとする説もある。

いずれにせよ、初春のめでたい会には、「さび」「しをり」は不釣り合いだから、もっと楽しく始めましょうと宣言してみせたのである。この時代、新春の俳席、という限定がついていても、「さび」「しをり」は避けるべきだというのはちょっと勇気のいることだったろう。「歳旦をしたり皃」は「歳旦をした」と「したり皃」（得意顔）が掛詞になっているが、その技法も蕪村当時の蕉風からみれば古風なもの。もちろん「したり皃」なのは蕪村であり、この句は自身の戯画化に他ならない。風刺的な自己主張を込めつつも、それをおどけたポーズで表現しているのだ。俳諧師として、巧みな意志表明であろう。

次の句は、立春と節分を詠んだ句である。

10 蕪村の発句

日の光今朝や鰯《いわし》のかしらより　（『自筆句帳』(1)）

「鰯のかしら」は、節分に邪気を払うまじないとして柊の枝に刺したもの。「鰯の頭《かしら》も信心から」という諺があるが、新春の朝日の輝きは、門口に飾った鰯の頭から発しているようで、その神々しさに信心が深まることだ、という句意である。「日の光」とは、初日の出、すなわち元日の句とする説、また、「鰯のかしら」と「今朝」という言葉で立春をきかせたのだという説があるが、この句の作られた年（明和九年＝一七七二）は、元日が節分、立春が一月二日だった。まさに元日・立春・節分とお祝い事のたくさん重なった年始めを詠んだ句と解しておきたい。ただし、鰯の頭が光るという表現には、背後にある諺に軽い皮肉も込められているだろう。なお、いろはがるたの「鰯の頭も信心から」の絵札には、鰯の頭から後光が射している画が描かれており、この句もそこから思いついたのではないかと正岡子規が指摘している（『蕪村句集講義』）。尾形仂氏は、いろはがるたの流行は嘉永年間（一八四八～五四）に入ってからで、蕪村の時代にはまだなかったというが（『蕪村の世界』岩波書店、一九九三年）、いろはがるたの前身ともいうべき「たとえ五十句かるた(2)」には、素朴ながらも光を放つ鰯が描かれており、かるた絵がヒントになった可能性はあるだろう。

最後に、霞と新年の句を挙げよう。

11　蕪村の発句

明和壬辰春

神風や霞に帰るかざり藁《わら》　　（『紫狐庵聯句集』）

元日二日京のすみ〴〵霞けり　　（『夜半叟句集』）

明和壬辰は明和九年（一七七二）。「神風」の句は、新年らしく霞の立ちこめた中、初詣から帰る道では、飾り藁（正月のお飾り）が風に翻る、これぞまことの神風か、という句意である。「帰る」が、「（人が）帰る」「（かざり藁が）ひるがえる」と掛詞になっている。「神風」は、神の威徳によって吹く風で、神の恵みの象徴でもある。和歌では「霞に帰る」ものと言えば、たいていは春に日本を

注

（1）蕪村自選の句集。刊行されることなく蕪村が没した後、娘くのの結婚資金とするため、分割された。『蕪村句集』『蕪村遺稿』の二つの蕪村句集は、本書をもとに作られたと考えられる。尾形仂氏によって復元され、『（蕪村）自筆句帳』と仮題される。

（2）『岩波 いろはカルタ辞典』（岩波書店、二〇〇四年）によれば、従来宝暦・明和頃のものとされていたが、近年、元禄時代には存在していたことが明らかになった。

去る雁を指すが、それを意外なものに転用してみせたのが俳諧である。「カ」音の繰り返しがリズミカルだ。

「元日二日」の句は、新年には霞が立つという伝統的な詠み方に素直に従ったもの。「元日二日」という限定や、「すみぐ〵」までという具体性が俳諧である。いかにもめでたく、まんべんなく霞みましたと念を押している感じがしておかしい。

コラム「暦」（N）

日本人は数字の語呂合わせが大好きである。たとえば、歴史の年号。受験生用の参考書をひもとけば、「白紙に戻そう遣唐使」（八九四年、遣唐使廃止）、「イチゴパンツの本能寺」（一五八二年、本能寺の変）など、事件と関連づけたり、とにかく衝撃的な言葉にしたりと、覚えやすく工夫した例に事欠かない。平方根や電話番号など、この覚え方はさまざまな場面で活躍している。

「西向く侍」も数字を覚える語呂合わせである。二、四、六、九、十一（十一をくっつけて士＝侍）の数字は、一ヶ月の日数が三十一日に満たない月を表している。二月だけは二十八日だったり二十九日だったりするが、あとは三十日なので、この数字さえ覚えておけば、毎月の日数の把握はたやすい。ところが、江戸時代は、どの月が二十九日（小の月）で、どの月が三十日（大の月）なのかは、年毎に異なっていた。おまけに閏月もあった。したがって、今以上に暦は大切なものだった。代表的な暦は、伊勢神宮の御師（下級の神官）が御札とともに全国の檀家に配った伊勢暦で、毎日の方位の吉凶や禁忌事項などが記されていた。冊子ではなく、一枚の紙に月の大小や庚申の行事日など重要事項のみを記した簡略版もあって、それは柱に貼れるよう細長い形をしているところから、柱暦と呼ばれている。現在のカレンダーも、月ごとのもの、十二ヶ月を一枚に印刷するもの、予定

大小暦（国会図書館ＨＰから転載。ウサギ年の暦。大の月は臼、小の月はウサギに数字が描かれている。）

を書き込めるよう余白の多いもの、デザインを重視したものなどたくさんの種類があるが、江戸時代も同様だった。商店が作成してお得意様に配る宣伝・サービス用の暦も、江戸時代から作られている。

　暦の内、実用性より趣味性を重視したものの代表が、文章や絵の中に、その年の大の月小の月の数字や文字をはめ込んだ大小暦である。略して「大小」と呼ぶ。画題は干支の動物や、縁起物、美人画に役者絵など色々なものがあるが、絵の中のどこかに大小の月の情報が隠されている。輪郭線や服のしわや模様に文字が潜んでいたり、和歌や発句に数字が織り込まれていたり、大小が文字でなく色で区別されていたり、大きいものと小さいものに描き分けられていたり……。見てすぐ分かる簡単なものから、知恵をしぼって考えなければわからない複雑な謎解きまで、まさに多種多様である。自分で作ることもあれば、有名な絵師に頼んで描いてもらうこともあった。販売目的ではなく、あくまで贈答用。年賀状に凝るのと似ているだろう。趣味人の交換会もあって、大流行した。キリンビールのキリンの絵に「キリン」の三字が隠れているのは、大小の伝統を引き継いでいるものように思われる。

国会図書館では所蔵している大小暦の一部をHP上に公開している。謎解きクイズも充実しているから、是非チャレンジしてみて下さい（http://www.ndl.go.jp/koyomi/index2.html　国会図書館・電子展示会「日本の暦」）。

江戸時代、月の大小を覚えるのに、ずっと使えて便利な語呂合わせはなかった。けれども、毎年変わる煩わしさを逆手にとって、変化を楽しむ文化が存在したのである。

レポートのために

課題①次の発句について考えてみよう。どんな言葉遊びが隠れているだろうか。

春立やにほんめでたき門の松　徳元（『犬子集』）

霞さへまだらにたつやとらの年　貞徳（『犬子集』）

課題②「年内立春」を読んだ和歌や発句をもっと調べてみよう。

課題③暦の歴史や、二十四節気について、もっと調べてみよう（さらには七十二候のことも）。

＊岡田芳朗《よしろう》氏の一連の著書がオススメ。

『アジアの暦』（大修館書店、二〇〇二年）。

『旧暦読本』（創元社、二〇〇六年）。

『暦を知る事典』（東京堂出版、二〇〇六年）。

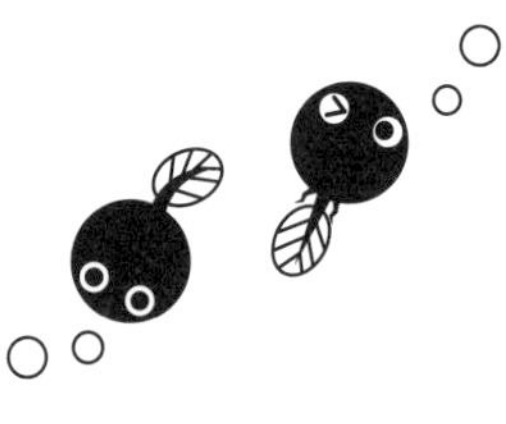

二 花

春を代表する季題はなんといっても「花」である。『万葉集』の時代には「花」＝梅であったが、平安朝以降の和歌・連歌・俳諧では「花」＝桜である。ことわりなく「花」とだけあったら、それは常識的に桜の花と理解すべきである。桜の花は一気に咲いて短期間で散ってしまう。人は、花の盛りを見逃さないようにと気に掛け、咲き始めたら浮かれ歩いては酒など酌み交わし、そして、散りゆく花を心から惜しむ。

花の季節、人は平常の心をなくす。次の歌はそのことをずばり詠んだものである。

1　『古今和歌集』巻一・春上・在原業平

渚院《なぎさのゐん》にて桜を見て、よめる

世中《よのなか》に　たえてさくらの　なかりせば　春の心は　のどけからまし

（渚院で桜の花を見て、歌を詠んだ。／もしこの世の中にまったく桜というものがなかったとしたら、春の心はのどかなものだろう。）

つぼみのうちはまだ咲かないかと待ち、咲いたら咲いたで散りはしないかと心配し、人は花に心を尽くして、いてもたってもいられなくなる。いっそ花などなければどんなに楽だろう……。「なかりせば……のどけからまし」という反実仮想の表現を用いて花への執着をみごとに表したこの歌は、『伊勢物語』八十二段にも引かれている。そこでは、「昔男」たる業平は惟喬《これたか》親王の側近で、狩にお供し花見に興ずる。

いま狩する交野《かたの》の渚の家、その院の桜ことにおもしろし。その木のもとにおりゐて、枝を折りてかざしにさして、上中下《かみなかしも》みな歌よみけり。

（いま、狩りをしている交野の渚の家、その院の桜がことに見事であった。その桜の木の下に馬から下りて腰をおろし、桜の枝を折り取って、かんざしとして髪に挿し、身分の高い者から低い者まで、みな歌を詠んだ。）

このような場面で1の歌が詠まれたことになっている。今でこそ桜の枝を折ったら不埒《ふらち》者と見られるが、当時は花も紅葉も折り取って賞美するものであった。なお、「渚院」は、大阪府枚方《ひらかた》市渚にあった文徳天皇の離宮で、のちにその子の惟喬《これたか》親王の御領となった所。

2　紹巴『連歌至宝抄』

また、花の本意とは、花とばかり申し候は桜の事にて御入り候。（中略）**花に初中後《しょちゅうこう》の心《こころ》持《もち》候。▼まづ、年のうちに春を待つ折節より花のあらましを言ひ語らひ、春立ちぬれば桜が枝に雪の積りて花遅げなる事思ひやり、また、木《こ》の芽春雨打ちそゝぐ比《ころ》には、今幾《いく》日《か》ありてか咲き出《いづ》るをも見んと待つ折しも、やう〳〵梢の杳《ほの》かに色めくを見ては、一花開《ひら》くれば天下の春ぞとしり、▼または都の空の家々桜、咲きも残らぬ由を聞きて花見車**

の前後袂《たもと》を列《つら》ね、終日《ひねもす》往来も絶えざる粧《よそほ》ひ、或ひは山里に契り置く花も咲きたりと告げ来《きた》る使《つかひ》あり、取あへず馬に鞍置き、木《こ》の下《もと》に到りては肴《さかな》盃とり〴〵の遊び、春の日の暮るゝをも知らず、帰るさを忘れつゝ、今夜《こよひ》は花の下に伏して、朧月夜《おぼろづきよ》にしくものはなしと打ち詠《なが》め、明日《あす》はまた花の枝折《しおり》の道をかへ、まだ見ぬ花をと誘《いざな》ふまゝに、明ぼの、空かき曇り雨そぼふるに、濡《ぬる》るともおなじくは花の蔭にやどらん事を思ひ、立別るゝ折しも花を手毎《てごと》にもちおもひ〳〵の家苞《いへづと》などいひて、玉章《たまづさ》短冊などを添へてをくり、又年比《としごろ》訪れざる人も花の盛《さかり》には問よりて、今日こずば明日は雪とふりなん事をおもひ、

▼春も末に移り行けば、徒《あだ》にちり行く花を見ても世の中の儚《はかな》き事を観じ、いづくにか残《のこる》花もあらむとあらぬ深山《みやま》の奥など尋入《たづねいる》に、青葉がくれの遅《をそ》桜を見ては初花よりも猶《なほ》珍しくおもひ、春も暮《くれ》はつればせめて忘れ形見とて衣を花の色に染め、更衣《ころもがへ》の日に移《うつり》行《ゆけ》ば花の袖をぬぎかへん事を悲しみ、又木《こ》ずゑの若葉の紅《くれなゐ》に見ゆるをも花の名残ぞと打ながめ、時鳥《ほととぎす》の初声を聞ても猶花をしたふ心侍るべし

（また、花の本意について申しますと、花とだけ言い表したときには、それは桜のことでございます。……花の詠み方には、初中後の心持ちがございます。▼まず、旧年のうちに春を待つころから花の様子を話題にし、立春がくれば桜の枝に雪が積って花が遅くなりそうなことを心配し、また、木《こ》の芽が張ってくる春雨の打ちそそぐ頃には、あと何日かで咲き始めるだろうと待つ折、やがてやっと梢にわずかに咲く気配が現れたのを見、そ

して一つ花が開けばこれで天下に春が来たと思い、▼または都じゅうの家々の桜がすっかり咲いた由を聞いて花見車を連ねて花見に出かけ、一日じゅう花を求める人々の往来が絶えない様子、或いは、山里で約束しておいた花が「咲きました」と告げに来る使者があって、大急ぎで馬に鞍を置き、桜の木の下に到っては肴や盃を思いのままに手に取っての遊び、春の日の暮れるのも知らずに、帰るべき時を忘れつつ、今夜は花の下に伏して「朧月夜にしくものはなし」などと歌を詠むことにして、翌日はまた花を探し求めて違う道に枝折し、まだ見ぬ花を求めて行くうち、明ぼのの空がかき曇って雨もそぼふる時、濡れるとしてもどうせなら花の蔭に宿を取ろうと願い、花と別れて帰る時には花を手ごとに持って思い思いのお土産などと言って、手紙や短冊などを添えて贈り、また、何年か訪ねなかった人にも花の盛りであれば訪問して、今日来なかったら明日は雪のように花吹雪が降ることを想像し、▼春も末になってくれば、あっけなく散って行く花を見ても世の中の儚《はかな》さを思い知り、どこかに残っている花もあるだろうとよく知らない深山の奥などを尋ねて入って行って、青葉がくれの遅桜を見ては初花よりもなおのことすばらしいものと思い、春もすっかり暮れてしまえばせめて忘れ形見ということで衣を花の色に染め、四月一日の衣更えの日になってしまえば花を見て歩いた衣を脱いで夏の衣に着替える事を悲しみ、また梢の若葉の紅に見えるのを「花の名残だ」と眺め、夏の時鳥の初声を聞てもまだ花を慕う心があるべきなのです。）

連歌師の紹巴が、太閤秀吉に対して、「花の本意」すなわち連歌における「花」の詠み方をやさしく説明したくだりである。和歌でも連歌でも、中世の末にはこのように「花」の詠み方のパターンが決まっていて、まずはそれを学ばなければならなかった。はじめの方にある「初中後の心持」というのは、「花」が時間の進行とともに変化するのに合わせて和歌や連歌を詠み分けるための心構えである。ここでは▼で初中後を区切ってみた。「まづ、年のうちに春を待つ折節より～一花開《ひら》くれば天下の春ぞとしり」が「初」の段階、「または都の空の家々桜～今日こずば明日は雪とふりなん事をおもひ」が「中」の段階、そして「春も末に移り行けば」以降、引用の最後までが「後」の段階である。ちなみに、「初中後」という分類法は「恋」の詠み方においても説かれる。ちょっと見知って好きになり告白などするのが「初」、逢い引きを重ねてラブラブ状態が「中」、別れてしまったけど未練を残し過去を振り返るのが「後」。

古来、「花」を詠んだ和歌は限りもなく積み重ねられてきた。2の文にしても、一つ一つの話題の提示がそれぞれ典拠を持っていて、いわばそれ自体が古歌のパッチワークである。ここではそのうちの一つ、傍線を引いた「山里に契り置く花も咲きたりと告げ来《きた》る使《つかひ》あり、取あへず馬に鞍置き」の部分の本歌を紹介しよう。

3 『源三位頼政集《げんざんみよりまさしゅう》』春

歌林苑にて人人花の歌読み侍りしに

花さかば　つげよといひし　山守《やまもり》の　くるおとすなる　駒《こま》にくらおけ

（歌林苑にて、人々が花の歌を詠みました折に／山の花が咲いたら知らせよと言い置いた山の番人がやってくる音がする。馬に鞍を置け、さあ、花見に出かけよう。）

源頼政は平安後期の武士・歌人（長治元年～治承四年〈一一〇四～一一八〇〉）で、以仁王《もちひと》の挙兵に与《くみ》して敗れ、宇治の平等院で自刃した。「ヌエ退治」の逸話でも知られている。この歌は、詞書によれば、同時代の歌人である俊恵《しゅんえ》法師が白川の自坊の歌林苑で催した歌会において、「花」の題のもとに会衆に交じって頼政が詠み出した一首である。「つげよ」「駒にくらおけ」といった下知《げち》（命令文）の言い回しがいかにも武士らしい。「駒」を「馬」とする歌形でも伝えられた。

この歌は、室町時代成立の謡曲に取り込まれて、さらによく知られるようになった。牛若丸（若き日の源義経）が鞍馬の山の大天狗から兵法を学んだという伝説を素材とした「鞍馬天狗」である。

4　謡曲「鞍馬天狗」の冒頭部

西谷からの使「これは鞍馬の御寺に仕《つか》へ申す者にて候。さても当山において、毎年花見の御座《ござ》候。殊《こと》に当年は一段と見事にて候。さる間《あひだ》、東谷へ唯今文《ただいまふみ》を持《もち》て参り候。いかに案内申し候。西谷より御使に参りて候。これに文の御座候、御覧《ごらん》候へ。」

東谷の僧「なになに西谷の花、今を盛りと見えて候に、など御音信《おとづれ》にも預《あづ》からざる。『一筆啓上せしめ候。古歌に曰《いは》く、けふ見ずは悔《くや》しからまし花盛り、咲きも残らず散りも始めず』。実に面白き歌の心、たとひ音信なくとても、木陰にてこそ待つべきに。花咲かば告げ《げ》んといひし山里の、告げんといひし山里の、使ひは来たり馬に鞍、鞍馬の山の雲珠《うず》桜、手折《たを》り栞《しをり》をしるべにて、奥も迷はじ、咲き続く、木陰に並み居て、いざいざ花を眺めん。」

春の鞍馬山で、東谷の僧が西谷の僧から花見に招かれる。西谷からの使いが東谷へ手紙を持って来た。「今日が花の盛り」というのである。東谷の僧がそれを読み、喜んで「さあ花見に出かけよう」と言う。傍線部が3の頼政の歌の応用部分である。「馬に鞍」という原歌の表現を、舞台である鞍馬山の「鞍」に結びつけた言葉の遊びが入っている。あるいはむしろ3の歌こそが、山の花の文使いという趣向を仕立てた発想の元かとも思われる。

江戸時代の俳諧では謡曲の詞章を利用することは一般的であり、4の「鞍馬天狗」はよく使われるネタだった。俳諧の作者たちは3の和歌資料から直接ではなく、4の謡曲を踏まえ、さらにまた別の話題を加えて、俳諧の句にしている。

5 「鞍馬天狗」を使った発句

待《まち》し花さくの鞍をけ鞍馬山　宗治
（『毛吹草』春）

この句の趣向は謡曲そのままだが、名鞍として名高い「作《さく》の鞍」(1)を「咲く」と言い掛けている。

馬に鞍尾上の桜咲にけり　悦春
（『生玉万句』第三百韻・桜の発句）

「馬に鞍」という三文字だけで「花見に出かけるぞ」という意に用いている例である。これは、

高砂の　尾上《をのへ》の桜　咲きにけり　外山《とやま》の霞　たゝずもあらなん
（『後拾遺和歌集』(2)巻一・春上・大江匡房）

というもう一つ別の著名歌とミックスさせている所が面白い。あるいは、謡曲調俳諧で名を馳せた宗因(3)は、俳諧の付合の例であるが、

注

(1) 南北朝時代の武将伊勢貞継の家系で作った鞍。鞍壺が深いのが特徴。
(2) 四番目の勅撰和歌集。白河天皇の勅命により、藤原通俊が撰した。応徳三年（一〇八六）成。
(3) 連歌師・俳諧師。宗因は連歌の号で、俳諧では西翁、梅翁などを使用する。肥後国出身で、八代城代の加藤正方に仕えたが、主家の改易により浪人となって上京、そののちに大坂天満宮の連歌宗匠となった。俳諧においては古典の大胆なパロディー、奇抜な見立てなど新しい自由な作風で一大旋風をおこし、談林派の祖とされる。慶長十年〜天和二年（一六〇五〜一六八二）。

なふてかなはぬたびのすい筒《づつ》
花盛たばこにきせる馬にくら　（宗因独吟『蚊柱百句』）

のように詠んでいる。「なくてはかなわぬ、旅の水筒。／花盛りには、煙草《たばこ》に煙管《きせる》を用意して、さあ『馬に鞍』だ」の意で、前句の「たび」を花見旅行としている。「に」の繰り返しが効果的だ。

そのように、俳諧のジャンルにおいて、花見に心せかるるさまを表すために「馬に鞍」の言い回しが決まり文句となっていた頃、延宝七年（一六七九）、三十六歳とまだ若かった芭蕉（＝桃青）も、次のような発句を詠んでいる。

芭蕉

5　芭蕉の発句

阿蘭陀《おらんだ》も花に来にけり馬に鞍　**桃青**　（『江戸蛇之鮓《じゃのすし》』）

鎖国体制下でも国交のあったオランダに対して、幕府は、長崎のオランダ商館長に毎年春江戸に来て将軍に謁見するよう求めていた。オランダ人一行の江戸城詣では世間の注目を集めた。延宝七年には三月の初旬に江戸に来たのであるが、芭蕉は、「オランダ人までも馬に鞍を置いて江戸の花の盛りを見に来たぞ」と茶化したのである。商館長はオランダの使者だから、本歌ないし謡曲の「使ひは来たり」も活かされているし、「も」と「馬に鞍」には「さあ我々も花見に」というニュアンスが込められている。花の盛りを謳歌し、江戸という新興都市を自慢し、将軍の権勢を讃える気持ちがある。時事性のある話題を決まり文句の応用で詠んだ句で、後年の芭蕉らしさはまだない。

芭蕉にも「花」または「桜」を詠んだ発句はたくさんあるが、ここではもう一句、晩年の芭蕉が追い求めた俳風を示していると考えられる作品を挙げよう。

8 芭蕉の発句

花見

木《こ》のもとに汁も鱠《なます》も桜かな

（『ひさご』(1)）

注

（1） 珍碩（洒堂）編。元禄三年刊。芭蕉が初めて「かるみ」を世に問うた集とされる。芭蕉七部集の四番目。

元禄三年（一六九〇）、芭蕉四十七歳の春の発句であり、『ひさご』巻頭に据えられた自信作である。弟子の土芳が芭蕉の教えを書き留めた『三冊子』に、

此句の時、師のいはく、花見の句のかゝりを少し心得て、軽みをしたりと也。

（この句が詠まれた時、芭蕉先生がおっしゃることには、「花見の句の心の持ちようを少々我がものとして、『軽み』の作り方をしたのだ」とのことだ。）

とあり、「軽み」の方向性を示した発句として注目されている。

この句には、謡曲「西行桜」の一節を書き添えた真蹟があって、発想の背景に「西行桜」が意識されていたことが窺える。「西行桜」は都の花見衆が西山の西行庵を訪ねて西行と問答するという趣向の謡曲である。芭蕉の言う花見の句の「かかり」（掛かり。意識すべき風情・情趣。「発想のポイント」と訳すのが近いだろう）とは、西行庵を訪ねて西行に会って花見をするような、古風な花見に憧れる心持ちであろう。「西行桜」に登場する花見衆の言葉には「桜花咲にけらしな足引の、山の峡《かひ》より見えしまま、この木《こ》の下《もと》に立寄れば」と「木《こ》の下《もと》」という言葉が見えるが、「木《こ》の下《もと》」はすぐに「西行桜」を想起させるような印象の強い語ではない。表面上さりげない語句の組み合わせによって花見の点景を描いている発句である。つまり、「軽みをしたり」とは、主題を表現するのに、典拠を明白に示してくれるような（たとえば「馬に鞍」みたいな）言葉の標識《フラグ》を立てず、普通の「軽い」言葉を組み合わせる手法を採ったということだと思われる。

ただ、「軽み」についてはさまざまな意見があってまだ定説が形成されていない。右の解釈は一つの考え方としてお読みいただきたい。

蕪村

蕪村にも謡曲「鞍馬天狗」を俳諧に利用した例があるが、もはや古びてしまった「馬に鞍」は使わず、典拠の世界に分け入り、想像を自在に広げて表現しようとしている。

9　蕪村の発句

山守《やまもり》のひやめし寒きさくら哉　（『自筆句帳』）
苗代《なはしろ》や鞍馬のさくら散りにけり　（同）

一つめの「山守の」句は、従来花冷えを詠んだ句と解釈されているが、3の頼政歌を踏まえているとみれば、開花を報せる「山守」の側に立って詠んだ句だろう。山の桜は都よりも咲くのが遅い。それだけ寒いのである。主人の命により、山守は毎日毎日桜が咲いていないかどうか、チェックして歩くのではないだろうか。可哀想に、冷えたご飯を食べながら。花の咲くのを待つのは伝統的に風流な話題であるはずなのに、寒さに震える山守にとっては、こんな役目から解放されたいという切実な俗の話題になっている。風流人から山守へ、古歌とは視点を逆にすることで、本意を尊重しつつ裏事情を詮索してみせたといってよい。なお、冷遇されるの意味で「冷や飯を食わされる」というのは、もう少し時代が後になってからのようだ。

「苗代や」句は、それだけ大騒ぎされた鞍馬山の桜もはや散ってしまい、麓の苗代に花びらが散りこぼれてくるという情景である。若々しい緑に桜色の対比が美しい。「苗代」は春季の詞で、籾《もみ》種《だね》から稲の苗を育てる水田のこと。苗が生長すると本田に移植する。花見の喧噪と熱狂は遠ざかり、季節は確実に移ろってゆく。「苗代」は和歌題でもあるけれど、この句では「花見」の風雅と、農作業という生活の一コマを対照的に扱っている。

もちろん、蕪村だって「花」に執着して止まないちゃんとした花の句を残している。

10　蕪村の発句

花に暮《くれ》ぬ我《わが》すむ京に帰去来《かへりなん》　（『蕪村遺稿』(1)）

「帰去来」は陶淵明《とうのえんめい》(2)の漢詩「帰去来辞《ききよらいのじ》」に拠る。淵明が官職を辞して故郷の田舎に帰る時の詩の一節で、

帰去来兮。田園将蕪胡不帰。 帰去来《かへりなん》いざ。田園まさに蕪《あ》れなんとす、胡《なん》ぞ帰らざる。

（さあ帰ろう。田園が荒れようとしているのに、どうして帰らずにいられよう。）

の漢語をそのまま使った。蕪村は都郊外の花見に行ったのだろう。「花に暮ぬ」で一日を花見に暮らした風流人らしさがにじみ出る。本当はまだまだ花を見ていたいのだが、「帰去来」と漢語を使ってかっこつけることで、名残惜しさを吹っ切ったのだ。「花」とは関係のない漢詩の言葉がぴったりはまっている。なお、蕪村の号の意味は「荒れ果てた村」で、この淵明の詩の「田園将蕪」が典拠とも言われている。確かに、蕪村は淵明の作品を題材にした句をたくさん作っているし、画家としても陶淵明図を描いている。お気に入りの詩人であった。

最後は、「花」のイリュージョンを。

注

（1） 蕪村の句集。『蕪村自筆句帳』から『蕪村句集』にない五八〇句を取り出したもの。写本で伝わる。

（2） 中国、東晋の詩人。三六五～四二七年。名は潜で、淵明は字《あざな》。束縛を嫌い、田園生活に憧れ、官を辞して故郷へ戻った。「飲酒」「桃花源記」など、その作品は古来日本で愛好された。

11　蕪村の発句

みやこの花のちりかゝるは、光信が胡粉《ごふん》の剥落《はくらく》したるさまなれ
又平《またへい》に逢ふや御室《おむろ》の花ざかり　（自画賛）

光信は室町時代の画家、土佐光信。又平は近松門左衛門の浄瑠璃『傾城反魂香《はんごんこう》』の道化役で、光信の弟子、浮世又平を指す。又平は大津絵という戯《ざ》れ絵で生計を立てていたが、その筆力を師に認められ、土佐光起の名を許されて喜びの舞を舞う。画家蕪村にとっては、親しい題材であったろう。

都の花の散りかかるさまは、あたかも光信の絵から胡粉（牡蠣《かき》の殻から作る白色の顔料）がはがれ落ちるようだ。御室の桜の花盛りの中、浮かれているのは光信の弟子又平ではないか。一句だけでは、現実の陽気な花見客を伝説の画家にたとえた、いわば現在と過去という時間が混在した世界となる。爛漫と咲き誇る桜の下での幻視である。しかし、前書きが加わると、桜は盛りの枝から散り乱れ、と同時にそれは古びた一枚の絵画にも重ねられる。これは現実の世界なのか、絵の中の世界なのか。時間だけでなく、次元まで定まらなくなるまさに落花のイリュージョンである。胡粉がはがれるごとに、絵の世界は消えてゆく。

蕪村が絵に描いた又平は、酔いに身を任せ、陶然としているようだ。これほど気持ちのよい酔っ払いの絵はそうそうない。足もとに転がる瓢箪は空になった酒の容れ物である。頭巾にのみ赤い色が使われ、一際眼を引くアクセントになっている。この絵の単純さ、色彩は、又平が描いた大津絵の素朴さにも通う。御室の花は遅咲きで有名で、ここの花が散ると都の花見もおしまい。

「又平に」自画賛　公益財団法人　阪急文化財団逸翁美術館蔵

コラム「花札の桜、財布の中の桜」（S）

花札は、日本の古典文学における季節の話題への導入にとってとてもすぐれた教材で、私は時々授業で使っている。まず学生を班分けして、いちばん簡単な「花合わせ」をして遊ぶのだが、ほかの教員や職員に見られるとなんだか恥ずかしい。

花札の絵柄は、十二の植物が十二ヶ月に対応していて、役のある札にはその植物にちなむ景物が添えられている。一覧表にしてみよう。

（春）一月　松　鶴　　二月　梅　鶯
三月　桜　花見幕
（夏）四月　藤　時鳥　　五月　菖蒲　八橋
六月　牡丹　蝶
（秋）七月　萩　猪　　八月　ススキ　月・雁
九月　菊　盃
（？）十月　紅葉　鹿
十一月　柳　小野道風・燕
十二月　桐　鳳凰

もちろんこれは旧暦に即している。一月から九月までは春夏秋に三種ずつの植物を順調に割り当てているが、最後の三ヶ月は冬の植物にせずに、余ったものを押し込んだという風情である（十月の紅葉は微妙だが）。それぞれの絵柄の由来は、和歌の本意に根ざしている。ただ、十一月の柳の札には謎が多い（図版上段）。二十点札にはどう

花札の柳の札三種、
桜の花見幕の札と、
短冊の札

して、いつから小野道風が登場したのか。十点札の鳥は「燕」ということになっているが、どうも燕には見えないのはなぜか。そして、赤と黒の配色が印象的なカス札には、いったい何が描かれているのか。（花札の歴史については最近複数の解説書が出されているので、このあたりの謎も、参照すればすぐ分かるはず。）

さて、三月の札には桜の花が描かれている（図版下段）。二十点札は幕を張ってそこに花見の場があることを表している。五点札には赤い短冊に「みよしの」と書かれているが、古くからの桜花の名所である吉野山の美称「美吉野」のことである。この、花札の桜の品種は何だろう。

桜はバラ科の落葉高木で、日本にはもともと九種の野生種があったという。そのうち古典に詠ま

ヤマザクラ

れる桜はおおむねヤマザクラである。現在もっともポピュラーなソメイヨシノは、オオシマザクラとエドヒガンの雑種だそうで、明治初期に東京の染井の植木屋から売り出された品種である。いまでは山手線の駒込駅の近くに「染井吉野桜記念公園」があって、ソメイヨシノの発祥の地であることを謳っている。ヤマザクラは赤茶色の葉の芽吹きとともに花が咲き、樹齢は数百年にも及ぶ。ソメイヨシノは開花時期には花だけが開き、樹齢百年になることは稀である。

花札の桜をよく見ると、花の周りに赤と黒の葉っぱの芽が出ていて、つまりヤマザクラである。花札は江戸時代に成立したカードゲームだから、まだ未開発だったソメイヨシノではなくてヤマザクラが描かれているのは、まあ、当然と言えば当然だ。

花札に限らず、桜は日本において超人気の意匠である。日常的に触れる桜デザインがどのような品種の桜を描いたものなのかは、それぞれに制作者のこだわりがありそうである。

さあ、財布の中を探してみよう。日本の貨幣・紙幣には、いまどのように桜が描かれているかな？ 一万円・五千円の高額紙幣が財布になくてもだいじょうぶ。桜が描かれているのは千円札だ。コインはどうだろう？ 百円玉にすぐ見つかるはず。では、この二種の桜の品種は何？

製造元の公式見解を探ろうと、国立印刷局公式サイトの「お札の紹介」を見たが、千円札については「裏面には富士山と桜を描いています」とあるだけで品種までは言っていない。百円玉については、造幣局の公式サイトの「ぞうへいきょく探検隊」ページの「しってる？」の「貨幣のデザイン」によれば、「桜」というだけでやはり品種は書いていない。仕方がないのでじっと見る。千円札は葉の出方からすればヤマザクラだろうと思う。百円玉の桜は、よく見ると花びらが重なっているので、どうやら八重桜の仲間のようだ。いずれにせよ、財布の中の桜はソメイヨシノではない。ソメイヨシノはそれだけ新しい品種で、通貨に負わせるには「伝統の重み」みたいな要素がまだ足りないということだろうか。

それにしても、千円札が私たちの手元からぱっぱっと散って行くのは、なるほど、桜の絵柄に見合ってのことだったのである。

レポートのために

課題①芭蕉の「花」や「桜」の発句をもっと調べてみよう。できれば、「かるみ」の解釈に注意して、8の「木《こ》のもとに」の発句をめぐる諸説を集めてみよう。

課題②花札の絵柄の由来を調べてみよう。

課題③身近にある桜の花のデザインを探して、その品種や成り立ちを調べてみよう。

歌を詠むのは人間ばかりではないと昔の人は考えた。古代神話では、神々とか、山のような自然物とかが歌を詠み交わしている。人間に身近な生き物では、とくに蛙と鶯が歌詠みの代表選手だった。なるほど、どちらの鳴き声も人間の歌のように音楽的ではある。

蛙は、古くから「かはづ」と「かへる」の二つの呼び方があった。「かはづ」の語源には諸説あるが、「川」に関係があることはたぶん間違いないだろう。「かへる」の語源には「卵から孵るから」とか「元の所へ帰るから」とかいろいろあるが、すっきりした説はどうも見当たらない。歌言葉としては「かはづ」であって、「かへる」が詠みこまれた歌は掛け詞に使われているなどの特殊な場合しかない。蛙は種類によってさまざまな声で鳴く。そのせいか、古典では固定的な「聞き為《な》し」の表現はされなかったようである。

鶯の「ス」は、ホトトギスやカラスの「ス」と共通の「鳥」を示す接尾辞で、「ウグヒ」は鶯の鳴き声から採られたと言われている。鳴き声の「聞き為し」としては「ホーホケキョ」が定着しているが、「ヒトクヒトク」と表されることもあった。

梅の花　見にこそ来《き》つれ　うぐひすの　ひとく〳〵と　厭ひしもをる

（『古今和歌集』巻十九・雑体・誹諧歌・よみ人しらず）

蛙と鶯の二種の生物がとくに歌を詠むものとされるようになったのは、紀貫之が『古今和歌集』の仮名序の冒頭部分でそのように述べたからである。和歌の世界で『古今和歌集』が絶対的な権威となってゆくにつれて、「蛙と鶯は歌を詠む生き物だ」という発想も浸透していった。

1 『古今和歌集』仮名序より、冒頭部分

やまと歌は、人の心を種として、万《よろづ》の言の葉とぞ成れりける。世中《よのなか》に在る人、事、業《わざ》、繁きものなれば、心に思ふ事を、見るもの、聞くものに付けて、言ひ出《いだ》せるなり。花に鳴く鶯、水に住む蛙の声を聞けば、生きとし生けるもの、いづれか、歌を詠まざりける。力をも入れずして、天地《あめつち》を動かし、目に見えぬ鬼神《おにがみ》をも哀れと思はせ、男女《おとこをむな》の仲をも和《やは》らげ、猛《たけ》き武人《もののふ》の心をも慰むるは、歌なり。

（和歌は、人の心を種として、様々な言葉となるものである。この世に住む人間は、色々な物事に関わって生きるものなので、その折々の心情を、見るもの聞くものにつけて、言葉で表現するものである。春の花に鳴く鶯や、水に住む蛙の声を聞けば、生きるものはみな、歌を詠むのだということが分かる。力をも入れずに天地を動かし、目に見えぬ鬼神にも哀れと思わせ、男女の仲をやわらげ、勇猛な武士の心をも慰めるのは、歌である。）

歌とは、人間に限らず、生き物の持つさまざまな心情を表出するものであり、呪術的な力を具えていて心あるもの全てを動かすものだ、という力強い宣言である。ここに登場する「蛙」は、現在では、山の渓流に棲んで「ヒュルルル……」と美声で鳴く「カジカガエル」のことを指していたと考えられている。しかし、中世から近年までは、どんな種の蛙か特に定められない蛙一般として理解されていた。芭蕉や蕪村もそう受け止めていたと思われる。

『古今和歌集』の中の「蛙」を、もう一つ紹介しよう。

2　『古今和歌集』巻二・春下・よみ人しらず

蛙なく　井手《ゐで》の山ぶき　ちりにけり　花のさかりに逢はましものを

（蛙の鳴く井手の山吹は散ってしまった。花の盛りに見たかったのに。）

「井手《ゐで》」は山城国の歌枕で、現在の京都府綴喜《つづき》郡井手町にあたる。鉄道で言えば、京都と奈良を結ぶ奈良線の「玉水」駅のある所である。井手を流れて木津川に合流する「井手の玉川」は、右の歌によって山吹・蛙の名所とされた。今日《こんにち》、井手町を訪れると、住宅地の中に「蛙塚」という小公園があって歌枕と

奈良線玉水駅ちかくの、井手の玉川顕彰碑

しての「井手の玉川」が顕彰されている。ちなみに、「井手の玉川」を含め、全国から「玉川」と名の付く歌枕を六つ集めて「六玉川《むたまがわ》」(1)と呼んだ。

2の歌で知られた井手の蛙はまた、次のような説話を生んだ。保元三年（一一五八）頃に成立した藤原清輔著の歌論書『袋草紙』に伝えられる話である。

3　『袋草紙』

加久夜《かくや》の長《をさ》の帯刀節信《たちはきときのぶ》は数奇者《すきのもの》なり。始めて能因に逢ひ、相互に感緒有り。能因云はく「今日見参の引出物に見るべき物侍り」とて、懐中より錦の小袋を取り出だす。その中に鉋屑《かんなくづ》一筋有り。示して云はく「これは吾が重宝なり。長柄《ながら》の橋造るの時の鉋くづなり」と云々。時に節信喜悦甚しくて、また懐中より紙に嚢《つつ》める物を取り出だす。これを開きて見るに、かれたるかへるなり。「これは井堤《ゐで》の蛙に侍り」と云々。共に感歎しておのおののこれを懐にし、退散すと云々。今の世の人、嗚呼《をこ》と称すべきや。

（加久夜の長の帯刀節信は、「数奇者《すきのもの》」である。初めて能因法師に会って、互いに感激し合った。能因が言った。

注

（1）井手・三島・野路・高野・調布・野田の六か所の玉川。井出は蛙、野路の玉川は萩など、詠む材料も決まっていた。

「今日、お目にかかれた引き出物として、ご覧に入れたい物があります」。懐から錦の小袋を取り出す。その中に鉋屑が一筋入っていた。それを示して能因が言うには「これは私の大切な宝で、長柄の橋を造った時の鉋屑なのです」。そのとき節信は大いに悦び、自らもまた懐から紙に包んだ物を取り出した。それを開いてみると、中身はひからびた蛙であった。「これは『井堤《いで》の蛙』でございます」などと言う。共に感嘆して、それぞれのお宝を元の懐に戻し、別れて帰ったとかいうことだ。今の世の人ならば「馬鹿馬鹿しい」と言うことだろうか。)

この説話の登場人物二人を端的に言い表した語は、「数奇者《すきのもの》」である。「マニア」と言い換えるのが分かりやすいのではないだろうか。帯刀節信と能因は、歌枕のマニアなのである。能因は長柄の橋の鉋屑を宝物として肌身離さず持っていた。長柄の橋は摂津の国の歌枕で、

なにはなる　ながらの橋も　つくるなり　今はわが身を　なにたとへむ

(『古今和歌集』巻十九・雑体・誹諧歌・伊勢)

の歌によってよく知られている。『古今和歌集』の時代にはすでに、失われてしまった昔の橋として「尽くるなり」などと詠まれるものだった。永延二年（九八八）没の能因がその橋の鉋屑を持っているというのは、強引に喩えて言えば、現代人が「漱石の飼っていた猫のヒゲ」を持っているようなものであったろう。そして、対する帯刀節信の自慢のお宝は、「井堤《いで》の蛙」であった。もちろん、2の歌の現地で採集してきた「かはづ」だからこそ貴重なのである。かたや、一筋の鉋屑。こ

なた、蛙の干物。ほとんど無価値にしか見えないものを後生大事にしている「数奇者」二人。常識人には滑稽な図であろう。しかし、彼らのこだわりぶりに敬意を払っていたからこそ、藤原清輔は歌論書にこの逸話を書き残したはずである。能因も節信も、『袋草紙』の成立より百年ほど前の歌人だ。「今の世の人、嗚呼《をこ》と称すべきや」という結びの評語は、そんな「数奇」のありようが清輔の同時代人には嘲笑の対象となっていることを嘆いているのである。

時代は下って江戸時代。『古今和歌集』の仮名序以来の本意、「蛙は歌を詠む生き物」という約束事はしっかり生きていた。

4　江戸時代初期の俳諧の「蛙」の発句

手をついて歌申しあぐる蛙かな　　宗鑑（『阿羅野』）
歌いくさ文武二道の蛙哉　　貞室（『毛吹草』）
くちなはも歌にやはらげ鳴く蛙　　弘永（同）
ながく鳴く蛙の歌や文字あまり　　永治（同）

宗鑑の句は、蛙が手をつき平伏している姿を、畏まって歌を申し上げているさまに見立てている。

貞室の句は、蛙が繁殖期にいくさのように群がって争うことを言う語「蛙軍《かはづいくさ》」をふまえて、歌も詠めばいくさもする文武二道の蛙だよと言い立てたもの。弘永の句はより仮名序に即していて、「鬼神」や「武人《もののふ》」の心を動かすのだから、「くちなは」すなわち蛇、つまり蛙にとっての天敵の心を和らげるつもりで鳴いているのだろうと、からかい気味に述べている。永治の句は、長時間鳴いている蛙の歌は、字余りの歌と言うべきだと興じたのである。

このように、「蛙は歌を詠む」という本意を利用してひねった句が一般的だった中に、芭蕉の「古池」句が出現した。

芭蕉

5　芭蕉の「古池」句

（初案）山吹や蛙飛込む水の音　（『葛の松原』の所伝）

（再案）古池や蛙飛込む水の音　（『蛙合《かはづあはせ》』）

この句のどういう所がすぐれているのかについて、江戸期以来さまざまな批評が加えられてきた。

現在、芭蕉の解説書や教科書が述べる有力な理解のしかたは、「鳴いて歌を詠むものとばかり扱われてきた蛙を、水に飛び込ませ音を立てさせた所が斬新だった」というものである。だが、この句以前にも「飛ぶ蛙」は詠まれているので、当時としてそれだけがこの句の魅力だったとは思えない。一方で、閑寂な心境を表現しようとした句という抽象的な解釈も行われてきた。「芭蕉開眼の句」という古くからの評価は、そうした解釈に根ざしている。

少々視点を変えて、初案から考えてみよう。「山吹や」の句型を、資料2の和歌、および、資料3『袋草紙』の説話と結びつけて読むと、次のように、滑稽味を持った想像の句と考えられるのではないか。

「帯刀節信はきっと、山吹の花の頃に、わざわざ歌枕の井手の玉川まででかけて、蛙をつかまえようと追い回したのだろうね。そのときにはボッチャンボッチャンと、逃げる蛙どもが井手の玉川に飛び込む水の音が聞こえただろうよ。」

つまり、故事のパロディと解することができるのではないか。芭蕉は節信の「数奇者」ぶりに憧

注

（1） 支考の俳論書。元禄五年（一六九二）刊行。「古池や」句の成立過程についても述べるが、この句が作られた時、支考はまだ入門していなかった。

（2） 貞享三年（一六八六）に出版された蛙の句による二十番句合。仙化編。第一番左は芭蕉の「古池や」句。

れ、共感を寄せていると思われる。

それでは、そうした初案を前提として、上五が「古池や」と改められた場合には、どうなるか。「芭蕉庵の主は、庵の前の古池で蛙を追いかけて、帯刀節信の数奇の真似をしている。逃げる蛙どもが古池に飛びこむ音がする。」

これは芭蕉の自己戯画であり、数奇者ぶりの宣言の句だ、と解釈できるのではないか。ただ、芭蕉がこの句を「数奇」の文脈で語ることはなかった。それは、「深川の芭蕉庵の前には池がある」ことと、芭蕉の「数奇」への嗜好とをよく知っているような、江戸に住む狭い門人グループにしか「ウケ」ない内容だったからだと思われる。そして、小グループ以外の人々に対して、その後の芭蕉はまた別の、一般性のある解釈を以て説明していたようなのである。

6　土芳『三冊子』より

詩歌連俳はともに風雅也。上三《みつ》のものには余す所も、その余す所迄俳はいたらずと云《いふ》所なし。花に鳴《なく》鶯も「餅に糞《ふん》する椽《えん》の先」と、まだ正月もをかしきこの頃を見とめ、又、水に住む蛙も、「古池に飛び込む水の音」といひはなして、草にあれたる中より蛙のはひる響《ひびき》に、俳諧をきゝ付《つけ》たり。見るに有《あり》、聞《きく》に有。作者感《かんず》るや句と成る所は、即《すなはち》俳諧の誠也。

（漢詩・和歌・連歌・俳諧はいずれも風雅である。最初の三つの分野では詠み残すような話題までも、俳諧はもれなく詠むものである。芭蕉先生は、花に来て鳴く鶯についても「餅に糞《ふん》する縁の先」（発句「鶯や餅に糞する縁の先」）と詠んで、正月の風情が残っている時分の面白さをとらえた。また、水に住む蛙についても「古池に飛び込む水の音」と詠んで、草ぼうぼうの荒れた庭から蛙が古池に飛びこむ響きに、俳諧の音を聞きつけた。見るにしても、聞くにしても、芭蕉先生のようにすぐれた作者が感じとって詠み上げた句は、そのまま俳諧の真髄というものである。）

この文章自体、1の仮名序をなぞって書かれている。「鶯や蛙は歌を詠む」という宣言に対抗して、「では、俳諧というジャンルにおいては、鶯や蛙ははたしてどういう態度を取るか」という命題に答えを示しているのである。鶯は庭先に干した正月の餅に糞をする。蛙は古池に飛びこんで水の音を立てる。彼ら鶯や蛙は風雅の心を持っていて、たとえ歌を詠まなくとも、己れの身体を表現の道具に使って春の訪れを喜んでみせているのである。そこに気がつくのが俳諧というものなのだ。土芳は芭蕉から、「古池」句を、そのような「春の訪れを喜ぶ蛙の風雅な振る舞いを詠んだ句」という意味あいで聞かされていたと思われる。

コラム「スリランカの古池句」（S）

Dさんは、スリランカから来た女子留学生で、私が担当した大学初年次クラスの学生だった。すでに日本語をしっかりと話せた。四月、私が芭蕉のことに触れると、彼女は「芭蕉の句を知っています」と言う。「古池や蛙飛込む水の音」だった。「どういう意味の句だと思いますか」と尋ねると、次のような解釈を教えてくれた。

> 「古池」はこの世の中、社会の喩えである。「蛙」はお釈迦様の喩えである。お釈迦様が新たな教えを広めようとしたが、当時の社会はそれをなかなか受け入れてくれなかった。それでお釈迦様は蛙が古池に飛び込むようにして社会に飛び込み、説法をおこなった。人々は徐々に仏教を理解し、受け入れるようになっていった。蛙が水に飛び込む時には音がしたが、やがて静かな池に戻ったのである。

「古池」句はスリランカでも一般に知られていて、これが通常の理解だそうだ。彼女は日本語学校の教授から聞いたとのことで、「おそらくどなたかお坊さんの考え方でしょう」とも言っていた。そしてさらに、「私も私なりに解釈したことがあります」と言って、彼女自身の解釈を語ってくれた。

> 「古池」は人間の「心」の喩えである。「蛙」は「気持ち」の喩えである。仏教では、心に気持ちの出入りがあると、心そのものが本来

持つ静かさ、穏やかさが失われてしまう。瞑想がとぎれるということだ。「心」の「古池」に「気持ち」という「蛙」が飛び込んで、瞑想の静寂を一瞬乱すが、すぐにまた「心」が静けさを取りもどすさまを詠んだ句である。

私は二つの点で驚いた。

第一の点はもちろん、芭蕉の発句がスリランカでも知られているということに驚いたのである。その理由を考えてみた。たとえば欧米でもHAIKUという文芸の認知度は高いし、芭蕉の名前はその文芸の高峰として知られている。そして、欧米ではHAIKUがしばしば禅と結びつけられて鑑賞される。それとよく似て、スリランカでは芭蕉の「古池」句が釈迦の説法とか瞑想とかに結びつけられるということらしい。そもそも、発句ないし俳句の文芸形式は、その短さゆえに象徴性を付与されやすい形式であり、アフォリズム（警句・箴言）に類する詩として言語や国境を越えていく力があるということだろう。思想（とくに宗教的な思想）という翼を装着されることで、世界中に飛んで行ける詩なのだ。そんなことをあらためて思った。

第二の点は、スリランカの人々が、自分たちの思考・思想に即して自由な解釈を展開しているということに驚いたのである。Dさんは「俳句って自分なりに解釈するものだと思っていました」とも言っていた。私にはカルチャーショックであった。作者本来の表現意図を追求するよりも、読む側がそれぞれ多様に解釈することのほうに作品の意義を見出している。それは日本でもまま見受けられる読み方である。私は時々「そんなに芭蕉の句を分析的に読んで意味を決めつけるのはよろしくない。いろいろに解釈できることにこそ値打ちがあるのであって、解釈を限定的に考えることは作品を殺すことなのではないか」という趣旨の御批判をいただく（とくに俳句の実作者からいただく）。Ｄさんのスタンスは、私を批判する側のものであった。もしかしたら「発句・俳句は自由に解釈すべきもの」というのが世界標準なのではないか、と、私は恐れおののいたのである。

抗弁すれば、文学研究として目指している方向に違いがあるのだ。私は、作者が何を感じ考えて、その作品の表現に至ったかを追い求めている。「真実はいつも一つ」と思っているし、論議を積み重ねることでその真実に迫ることができると思っている。それに対し、作者の本来の意図と切り離して、作品そのものの価値を見ようとする立場がある。それはそれで鑑賞として展開していただければ結構なことである。「芭蕉は意識しなかったかもしれないが、この句にはこのように深く豊かな解釈が可能である」という鑑賞を公表してその優劣を競うことは、有り得べきことである。それは新たな文学作品とも言うべきであろう。ただ、二つの立場の方向性の相違を理解しながら、お互いの主張に耳を傾けるようにしたいと思うのである。

遠い国から来たＤさんの、自分なりの古池句の解釈は、鑑賞の可能性という見地において、とてもすばらしいものだと思う。Ｄさんは東日本の大地震があった三月に大学を卒業した。スリランカと日本の国際交流に活躍してくれることを楽しみにしている。

7　蕪村の発句

飛込で古歌《ふるうた》洗ふ蛙かな

（『落日庵句集』）

芭蕉没後ほどなくして、古池句は芭蕉の代表作の一つとされ、「蛙」は「時雨」と並び芭蕉のシンボルとなった（冬「十六　時雨」の項を参照）。7の蕪村句も、もちろん「古池」句を踏まえている。「古歌洗う」という表現には、謡曲「草子洗小町」(1)が利用されてもいるが、この句の趣旨は「芭蕉の詠んだ蛙は、古池に飛び込んで古い時代の歌をじゃぶじゃぶ洗い、新しい俳風を打ち立てたのだ」というのである。「芭蕉＝蛙」を前提にした芭蕉へのオマージュであり、蕪村は芭蕉の「古池」句が俳諧史の画期となったという認識に立っている。

注

（1）宮中の歌合で小野小町の相手となった大伴黒主は、小町の歌を盗み聞いて『万葉集』に書き入れ、歌合の席で小町の歌を古歌だと非難する。しかし草子を洗うと、黒主が書いた歌の文字が消えるというあらすじで、まさに小町が「古歌を洗う」話。

言い換えれば、こんどは「古池」句が古典となって、俳諧の元ネタとして使われ始めたのである。もう少し時代が下がったころの川柳ではあるが、

ばせを翁ボチヤンといふと立留《たちどま》り　（『柳多留』(1)十七篇）

という句がある。この句の芭蕉はまるで漫画の登場人物だ。

「蛙」という言葉は使われていないが、次の蕪村の句も「古池」句を踏まえているのではないだろうか。

古庭に鶯啼きぬ日もすがら　（『寛保四年歳旦帖』）

閑寂な古い屋敷の庭。冬から手入れのされていないそんな庭にも、やはり鶯はやって来て、終日歌っている。いかにものどかな情景だが、「古池の蛙」を「古庭の鶯」に仕立て直して発句にしたのだろう。1の『古今和歌集』仮名序以来、「鶯」と「蛙」はいわばパートナーなのだから。ただ、これは「古池―蛙」句の単純な「古庭―鶯」バージョンではない。こちらの「鶯」は古典の本意に忠実にちゃんと鳴いている、しかも、一日中。本意に従う意図がある。

実は、この句が載せられた『寛保四年歳旦帖』は、蕪村が初めて編集した本だった。ここで蕪村は「宰鳥」という古い号を使って作品を載せている。ところが、最後に置かれたこの句だけ、「蕪村」と新しい名前を名乗っているのだ。(2)俳諧の師である巴人が亡くなって二年後のことであった。

江戸を離れて北関東を流寓した蕪村が、下野国宇都宮の地で刊行した歳旦帖。それによって、俳諧師としての新たな旅立ちの覚悟を示したかったのだろうか。

だとすれば、古庭に日もすがら鳴く鶯には、ひたすらに句を詠み続けようと決意した蕪村自身の姿が重ねられているのかもしれない。背後に「古池」句を潜ませたのはもちろん、芭蕉を尊敬し、芭蕉に追随しようという思いがあったからだろう。蕪村二十九歳の春のことであった。

8　蕪村の発句

二つ三つ烏帽子《えぼし》飛交《とびか》ふ蛙かな（『夜半亭蕪村句集』）

独鈷《とっこ》かま首水かけ論の蛙かな（『自筆句帳』）

注

（1）『誹風柳多留』。呉陵軒可有《ごりょうけんあるべし》ほか編。明和二～天保十一年（一七六五～一八四〇）までの間に、百六十七編まで刊行された。二十四編までは初代柄井川柳の撰で、以下は代々五世川柳までの撰。「川柳評万句合」の中から前句を省いても意味の通じる句を集めたもので、「川柳」という文芸ジャンル名のもととなった。

（2）この句には「軸」（いちばん最後の意味）という前書きがある。しかし、実際には更に「追加」として、蕪村以外の作者の句が十句続いている。

「鳥獣戯画」高山寺蔵

とはいえ、蕪村にも、依然として「蛙が歌を詠む」という発想にのっとった句はある。蛙の本意は生き続けていた。「二つ三つ」の句は、「蛙が歌詠みだというのなら烏帽子をかぶったお公家さんの格好をしているだろうなあ」と空想して、「蛙軍」の連想を組み合わせ、蛙どうしが戦っている場に烏帽子が飛び交っているさまを描いたのである。まるで『鳥獣戯画』の蛙のようだ。

もう一つの発句の、「独鈷かま首」の語には故事がある。建久四年（一一九三）に行われた『六百番歌合』[1]において、顕昭[2]と寂蓮[3]という二人の歌人が歌について論争した。顕昭は仏具の独鈷を振り立て、寂蓮は首を鎌首のようにもたげて激論を交わしたという。蛙の争いもまたその二人の歌人の論争のように、決着の付かない、お互い勝手に鳴き立てるばっかりの争いだというのだ。蕪村は、「蛙だけに水掛け論だな」というオチまで付けて遊んでいる。これも、単純に「蛙と歌」を詠むのではない、「歌詠みの蛙」を題材にして空想を働かせた句だ。実際の蛙というより、人間的な蛙である。「かま首」は、蛙の天敵である蛇の形容に使われる言葉だから、その点もおもしろい。気の効いた知的遊戯という俳諧の一面がよく現れている。

9　天明三年（一七八三）八月十四日付、嘯風・一兄宛蕪村書簡

山吹や井手を流るゝ鉋屑

（ここに、3の『袋草紙』の故事を引いている。省略した。）

右のおもしろき故事を下心にふみてしたる句也。只一通《ただひととほり》の聞《きき》には、春の日の長閑《のどか》なるに、井手の河上の民家のふしんなどをするに、鉋屑の流去《ながれさる》けしき、心ゆかしきさま也。詩の意《こころ》なども、二重にきゝを付《つけ》て句を解候事多く有《あり》。俳諧にもまゝ有《ある》事なり。

（「山吹の花の咲く井手の玉川を、鉋屑が流れていく。」……これは、『袋草紙』の、能因・節信のおもしろい故事を踏まえた句です。ただ通り一遍の理解では、のどかな春の日に、井手の川上の民家で大工仕事などをしているのか、玉川に鉋屑が流れ去っていく景色に心引かれるさまとみえるでしょう。漢詩の解釈でも、このように表面的な意味と背後に潜む趣向という二重の理解をすることは多くあります。俳諧でも折々あることです。）

注

（1）藤原良経邸で催された歌合。判者は藤原俊成。作者は定家ら十二人で、各百題百首、千二百首の歌を番えた。

（2）平安末～鎌倉期の歌人・歌学者。実父母は不明。藤原顕輔の養子。六条家流の中心的な歌人で、俊成・定家親子の御子左《みこひだり》家に対抗した。大治五年頃～承元四年（一一三〇頃～一二一〇）。

（3）平安末～鎌倉期の歌人。俗名藤原定長。後鳥羽院歌壇で活躍し、『新古今和歌集』の撰者に撰ばれたが、撰の途中で没した。保延五年頃～建仁二年（一一三九頃～一二〇二）。

この書簡からは、蕪村も、能因と節信の「数奇者」のエピソードに深い関心を寄せていたことがわかる。蕪村さんは「古池」句をどう解釈してますかと尋ねてみたくなる。

ところでここに出てくる「二重のきゝ」という言葉は、蕪村俳諧のキーワードといってよい。一見平易な叙景とみえる句にも何か典拠が隠されている可能性があるという。作意を露わにしないので、まことに油断がならないのである。

――レポートのために――

課題①芭蕉の「古池や」の句について、次のような参考文献を読んで、考えを深めよう。

・復本一郎著『芭蕉古池伝説』（大修館書店、一九八八年）
・深沢眞二著『風雅と笑い 芭蕉叢考』（清文堂、二〇〇四年）
・長谷川櫂著『古池に蛙は飛びこんだか』（花神社、二〇〇五年）
・『俳句教養講座第一巻　俳句を作る方法・読む方法』（角川学芸出版、二〇〇九年）

課題②次の蕪村の発句を解釈してみよう。

　鴬は花月の坐は蛙かな　（『落日庵句集』）
　苗代の色紙《しきし》に遊ぶかはづかな　（『蕪村句集』）
　連歌してもどる夜鳥羽《とば》の蛙哉　（同）
　日は日くれよ夜は夜明ケよと啼《なく》蛙　（同）
　およぐ時よるべなきさまの蛙かな　（『新五子稿』）

課題③川柳で、芭蕉がどのように詠まれているかを調べてみよう。

四　三月三日

女の子のお祭りとして定着している雛祭りだが、現代のように段飾りの雛人形を飾るようになったのはそれほど古い時代の話ではなく、江戸時代に入ってからのことである。もともと三月三日は、上巳《じょうし》の節供（節句とも書く）というお祝いの日だった。「節供」とは、「節《せち》」（季節の変わり目）に、祝いの儀式を行って「供」え物をすること。日本には「五節供」があり、上巳の節供はそのひとつである。では、ついでに他の節供も挙げておこう。

一月七日	人日《じんじつ》	若菜（七草）
三月三日	上巳	□
五月五日	□	□
七月七日	□	笹竹
九月九日	□	菊

中段には節供の名前、下段には関わりの深い植物が入る。空欄を埋めてみよう。上巳の節句につきもの植物といえば……おなじみの童謡を歌ってみればすぐわかるだろう。他の節供の名は手近のカレンダーでも見つかるはず。

古く中国では「上巳」に、禊《みそ》ぎ・祓《はら》えをして不祥を除き、宴会を催して祝う行事があった。もとは三月初めの巳《み》の日であったものが、三世紀の中頃の魏《ぎ》の時代には三日と定まり、日本でも三月三日に、水辺で祓《はら》えを行い、「曲水《きょくすい》の宴《えん》」（「ごくすいのえん」ともいう）という宴会を開くようになったという。

「曲水の宴」とは、庭園の曲がりくねって流れる水のほとりに参会者が分かれて座り、上流から流される酒杯が自分の前を通り過ぎないうちに詩歌を詠じて、流れてきた杯を取って飲むという詩歌の早作りゲームだが、これにも穢《けが》れを祓う意味がある。終了後、別席で宴会が開かれ、詩歌が披講された。

天平勝宝二年（七五〇）三月三日の大伴家持邸での曲水の宴の歌が『万葉集』にある。

1　『万葉集』巻十九・大伴家持

から人も　筏《いかだ》浮かべて　遊ぶといふ　今日そ我が背子　花かづらせよ

（中国の人も筏を浮かべて遊ぶという今日こそ、みなさん、花で作った髪飾りをおつけなさい。）

三日には、舟遊びも行われていたようだ。中国伝来の行事という意識がうかがわれる歌である。この「曲水の宴」は、奈良時代には宮廷行事として確立し、一時中断されたものの、嵯峨天皇により復活、摂関時代には貴族の私邸でも盛んに行われるようになった。

古典和歌では、上巳の節供と言えば、この「曲水の宴」の話題が詠まれることが多い。建久四年（一一九三）秋、藤原良経の主催した十二人の歌人による『六百番歌合』には、「三月三日」の歌題も出題されており、十二首の内十首が曲水の宴を詠んでいる（残りの二首は桃の花を詠じたもの）。では、その中から二首挙げておこう。

2　『六百番歌合』春下　十八番

左勝　　　　　兼宗朝臣

桃の花　枝さしかはす　陰なれば　浪にまかせん　けふのさか月

右　　　　　信定

さか月の　流れとともに　匂ふらし　けふの花吹く　春の山風

（左の歌（勝）／桃の花が枝を差し交わすその陰だから、浪に漂い流れ着くに任せよう、今日三月三日の盃は。
右の歌／曲水の宴の盃が流れるとともに、花は匂うらしい。春の山からの風が、今日の桃の花に吹くことだ。）

ともに曲水の宴で流される盃と桃の花を詠んでいる。中国では上巳の節供の景物として桃や柳が取り上げられるが、日本でも平安時代以降、桃を詠むことが定着する。右歌には「けふの花」とあるが、三月三日の花といえば桃の花だった。なお、歌合は左右のグループに分かれて、勝敗を競うゲームである。『六百番歌合』の判者は藤原定家[1]の父である俊成[2]が勤め、この一番は左歌の勝となった。

では、雛人形はいつ頃登場したのだろうか。

雛人形は二種類の人形が合わさって生まれたと考えられている。

ひとつは、祓えの道具としての「人形《ひとがた》」である。上巳の行事は中国陰陽道の習俗からきたものだが、日本にはもともと水辺で禊ぎをする習俗があり、その道具として人形を用いていた。人形で肌身をさすり、息を吹きかけることで自分の罪穢れを移し、これを水に流し去ったのである。この人形を「形代《かたしろ》」とか「撫で物《なでもの》」という。具体的にどのような習俗であったのか、『源氏物語』須磨の巻、都から須磨の地に隠棲した光源氏が、三月上巳の日に陰陽師を召して祓《はらえ》を行い、その人形《ひとがた》を船に乗せて流す場面を挙げよう。

注
(1) 鎌倉時代の歌人、歌学者、古典学者。藤原俊成の息。新古今時代を代表する歌人で、『新古今和歌集』、『新勅撰和歌集』の撰者。『源氏物語』など、古典の校訂、書写にも熱心であった。家集『拾遺愚草』、歌学書『近代秀歌』などがあり、五十六年間の日記『明月記』も伝わる。応保二～仁治二年(一一六二～一二四一)。
(2) 平安末～鎌倉期の歌人。藤原基俊に歌学を学び、源俊頼に私淑した。『千載和歌集』の撰者。幽玄美を唱え、後の和歌に大きな影響を与えた。永久二～元久元年(一一一四～一二〇四)。

3

『源氏物語』須磨

弥生の朔日《さくじつ》に出で来たる巳《み》の日、「今日《けふ》なむ、かく思《おぼ》すことある人は、禊《みそぎ》したまふべき」と、なまさかしき人の聞こゆれば、海づらもゆかしうて出でたまふ。いとおろそかに、軟障《ぜじやう》計《ばかり》を引きめぐらして、この国に通ひける陰陽師《おんやうじ》召して、祓《はらへ》せさせたまふ。舟にことぐ〱しき人形のせて流すを見たまふにも、よそへられて、

知らざりし　大海《おほうみ》の原に　流れきて　ひとかたにやは　ものは悲しき

(三月の初旬にめぐってきた巳の日に「今日は、このように思い悩むことのある人は、禊ぎをなさるのがよい」と知ったかぶりをする人が申しあげるので、(源氏の君は)海辺も見たくて、おでかけになる。ごく簡略に軟障(幔幕)のみを張りめぐらせ、この国(摂津)に通っていた陰陽師を召して、祓えをおさせになる。舟に仰々しい人形を乗せて流すのをご覧になるにつけても、我が身の上に引きくらべられて、歌を詠んだ。/都から、みたこともなかった大海の辺りに人形のように流れてきて、その悲しみは一通りではないことだ。)

人形の大きさは十五センチくらいの小さなものから等身大の大きなものまでさまざまで、3の「ことぐ〱しき人形」は等身大の大きさだったと解されている。光源氏の憂いを祓うべき特別な人形だったのだ。紙雛や古い雛人形を川に流す「流し雛」は、この祓えの習俗に由来する。なお、3では三日ではなく、本来の上巳(三月初めの巳の日)の日に禊ぎを行っている。

もうひとつは、平安の貴族の娘たちが普段使っていた人形で、この人形遊びを「雛遊び」といった。

4

『源氏物語』紅葉賀

いつしか雛《ひゐな》をしすゑて、そゝきゐたまへる、三尺の御厨子《みづし》一具《ひとよろひ》に、品々しつらひすゑて、また小さき屋ども作り集めて奉りたまへるを、ところせきまで遊びひろげたまへり。「儺《な》やらふとて、犬君《いぬき》がこれをこぼちはべりにければ、つくろひはべるぞ」とて、いと大事と思《おぼ》いたり。「げに、いと心なき人のしわざにもはべるなるかな。いまつくろはせはべらむ。今日は言忌《こといみ》して、な泣いたまひそ」とて出でたまふ気色ところせきを、人々端に出でて見たてまつれば、姫君も立ち出でて見たてまつりたまひて、雛《ひひな》の中の源氏の君つくろひたてて、内裏に参らせなどしたまふ。

（紫の上は）いつの間にか人形を並べて、忙しそうにしておられる。一対の三尺（九十センチほど）の高さの御厨子（置き戸棚）に、さまざまな道具類を飾り立てて、また（源氏の君が）小さな御殿をいくつも作って差し上げられたのを、所狭きまで広げて遊んでいらっしゃる。（紫の上）「追儺《ついな》(1)をするといって、犬君《いぬき》がこれを壊

注

（1）追儺《ついな》は、十二月の晦日に行なわれた悪鬼を追い払う行事で、大声で「鬼やらふ」と言いながら振り鼓を鳴らして鬼を追い立てる。

しましたので、直しているのです」といって、さも大事件のようにお思いになっている。（源氏）「本当に、とても不注意な人がしでかしたことですね。すぐに直させましょう。今日は（元旦ですから）不吉なことを言わないよう、泣いてはいけませんよ」といってお出かけになるのが（大勢供人がいて）物々しい。その様子を、女房たちが端に出て拝見するので、姫君もおいでになって拝見なさって、人形の中の源氏の君を綺麗に整え、宮中に参内おさせになったりして遊ばれる。）

4は、源氏に引き取られた紫の上が元旦に雛遊びをしている場面である。紫の上は、常に雛遊びをする少女として描かれ、「とをにあまりぬる人は、雛遊びは忌みはべるものを」（十歳を越えた人は、もう雛遊びなんてしないものですよ）と乳母に注意されてもいる。雛遊びは年齢のわりに幼い紫の上の無邪気さを強調する役割を果たしているのだろう。人形の一人を光源氏に見立てて参内させるのは、さしづめお兄さんかお父さんがお仕事に出かける所だろうか。この時まだ源氏と紫の上は本当の夫婦ではなく、乳母に夫を持ったのですよ、と言われても、紫の上は無邪気に、美しく若い夫でうれしい、と思うばかりだった。

この雛遊びでの人形と、形代として使われた人形《ひとがた》がいっしょになり、雛人形として飾られるようになった。そして江戸時代はじめ（一六三〇頃）には三月節供と雛人形が結びつき、雛遊びは女の子の遊びであったから、娘の成長を祝う行事となって浸透していった。初めは紙製だった人形も、元

おひなさま

禄年間には布製のものが作られ、以後の雛祭は、工芸品としての雛人形の発達とともにしだいに華美になっていく。雛道具を飾り、白酒と、菱餅や草餅をお供えとして飲食することも行われた。

一方で、「流し雛」も今なお各地で行われている。さらには、三月節供のころ、磯遊び・山あがり・花見・春なぐさみなどといって、子供たちが野外に出て終日遊び飲食する風習も、各地にみられる。

「曲水の宴」を詠むという「三月三日」の和歌的な本意は、俳諧にはほとんど継承されなかった。題材としての「曲水の宴」は詠まれ続けてはゆくが、むしろ、新しい行事である雛人形の祭が積極的に取り上げられていくのである。

「雛祭り」は、江戸時代初期に、現在まで続いているようなスタイルの行事となったのであるが、人々は男雛女雛一対の雛人形を帝と后になぞらえて「内裏雛《だいりびな》」と称し、いわば宮中のミニチュアをそこに見出した。芭蕉が詠む雛人形の発句にも、帝への意識がある。

5 芭蕉の発句

大裏雛《だいりびな》人形《にんぎやう》天皇《てんのう》の御宇《ぎよお》とかや（『江戸広小路』）

「大裏雛」は「内裏雛」に同じ。「御宇」は天皇の治世の期間を言う。「人形天皇」の治世のことだったであろうか（そんな名の天皇がいたはずはないが）と内裏雛を見て昔を偲ぶ、という内容の句である。この言い回しには謡曲の典拠がある。「杜若《かきつばた》」において杜若の精が『伊勢物語』のことを語るくだりに、「仁明《にんみやう》天皇の御宇《ぎよお》かとよ、いともかしこき勅をうけて」とあるのがそれである。つまり、この句は謡曲の一節をダジャレによって内裏雛と強引に結びつけた、言葉遊び主体の句なのである。芭蕉はこの時まだ若く、談林風に染まっていた頃だった。雛人形を帝位につけてしまうところが、価値の転倒をも意に介さない談林風の奔放な想像力と言えよう。ちなみに、「御宇」はギョ・ウでなく謡曲のようにギョオと発音する方がよさそうだ。

6　芭蕉『おくのほそ道』旅立ち

住《すめ》る方は人に譲りて、杉風《さんぷう》が別墅《べつしよ》に移るに、
草の戸も住替《すみかは》る代《よ》ぞ雛の家

『おくのほそ道』の旅人は「江上《こうしやう》の破屋《はおく》」（川べりのボロ屋）を人に譲り、杉風(1)の別荘に移ってみちのくへの出発に備えた。その「破屋」に新たに入居するのは、雛人形を飾って桃の節供を祝うような家族である。そのことに感慨を催して旅人は発句を詠んだ。「私の暮らしていた草庵も、人が住み替わる時が来て、雛人形を飾る賑やかな家となるのだなあ」。ここで「代《よ》」という一文字を用いているのは、雛人形に帝をイメージしているからにほかならない。つまり、世捨て人である「草

注

（1）杉山氏。芭蕉最古参の弟子。幕府に魚類を納める商人で、終世芭蕉を経済的に援助した。平明な俳風で、嵐雪ら都会風の一派とは対立し、晩年は俳諧から遠ざかった。正保四〜享保十七年（一六四七〜一七三二）。

の戸」の主が去って、そこにも新しい内裏「雛」の「代《よ》」が訪れ、草庵がちゃんとした「家」に変貌すると空想しているのである。「雛―代」の結びつきこそがこの句の俳諧性と言うべきであろう。

ちなみに、芭蕉は元禄二年（一六八九）三月二十三日付の落梧《らくご》あて書簡で、庵に新しく入居した人に関して「此人なん妻をぐし、むすめをもたりければ、草庵のかはれるやうおかしくて」と述べている。実際に旧芭蕉庵で雛祭りが行われたのである。

蕪村

芭蕉の雛祭の発句が5と6だけであるのに対し、蕪村の句は十句を数える。蕪村には、「くの」という一人娘がいたから、実際家に雛人形を飾ったことだろう。

7　蕪村の発句

雛の灯《ひ》にいぬきが袂《たもと》かゝるなり

（『蕪村遺稿』）

「いぬき」は、4に出て来た『源氏物語』の登場人物である。この句も4を典拠としているが、彼女の話題で一番印象的なのは、『源氏物語』若紫の巻で、紫の上が飼っていた雀の子を逃がしたところだろう。光源氏が、病気の祈祷を受けるためにやってきた北山で、「雀の子を犬君が逃がしつる」と泣きながら走ってくる幼い紫の上を一目見てそのとりこになる場面は、古典の教科書にもよく取り上げられる。少し長いが挙げてみよう。

8 『源氏物語』若紫

日もいと長きにつれ〴〵なれば、夕暮のいたう霞みたるにまぎれて、かの小柴垣のもとに立ち出でたまふ。人々は帰したまひて、惟光朝臣《これみつのあそん》とのぞきたまへば（中略）中に十ばかりにやあらむと見えて、白き衣《きぬ》、山吹《やまぶき》などの萎えたる着て走り来たる女子《をむなご》、あまた見えつる子どもに似るべうもあらず、いみじく生ひ先見えてうつくしげなる容貌《かたち》なり。髪は扇をひろげたるやうにゆら〳〵として、顔はいと赤くすりなして立てり。「何ごとぞや。童べと腹立ちたまへるか」とて尼君の見上げたるに、すこしおぼえたるところあれば、子なめりと見たまふ。「雀の子を犬君《いぬき》が逃がしつる。伏籠《ふせご》の中に籠《こ》めたりつるものを」とていと口惜しと思へり。このゐたる大人「例の心なしの、かゝるわざをしてさいなまるゝこそいと心づきなけれ」

（春の日も永くて退屈なので、（源氏の君は）夕暮れの霞が深いのに紛れ、例の小柴垣のあたりにおいでになる。

供人たちは都にお帰しになり、惟光朝臣といっしょに邸内をのぞいてごらんになると（中略）（人々の）中に十歳ばかりであろうかと見られて、白い袿《うちき》(1)に山吹襲(2)などの着慣れた衣を着て走り来た少女は、たくさんいる子どもたちとは似たところもなく、成人したらどんなに美しくなることか、将来が予想されて可愛らしい顔立ちである。髪は扇を広げたようにゆらゆらとして、顔を（泣いて）こすって真っ赤にして立っている。（尼君）「どうしたの。子供たちと喧嘩をなさったの？」といって顔を上げた尼君に少し似ている所があるので、（源氏の君は尼君の）子供だろうとごらんになる。（紫の上）「雀の子をいぬきが逃がしちゃったの。伏籠(3)の中に閉じ込めておいたのに」と、とても残念だと思っている。その場に座っている女房が、「いつものうっかり者が、こんな失敗をして叱られるのは、本当に困ったことだこと」。）

8で「例の心なし」と乳母に言われるだけあって、紫の上が源氏に引き取られたあとも、いぬきは粗忽《そこつ》ぶりを発揮した。4の紅葉の賀の巻では紫の上の雛遊びの道具を壊して、光源氏からも「心なき人」と言われている。動作が不注意なのか乱暴なのか、当時の女童にしては珍しいキャラクターといえるだろう。7の句は、このちょっと困った少女いぬきが雛人形を照らす灯を袂に引っかけた、と想像した。舞台は王朝、灯に女童の袂がかかって一瞬光が陰る、というのは幻想的な景だが、いぬきを知る者には、危ない！　引っ繰り返してまた壊す！　と笑える仕掛けだ。

蕪村は平安時代に、自分の時代の習俗をそのまま詠み込んだ。つまり、平安の雛遊びに、江戸の雛祭りが重ねられているのである。多分、蕪村にとって、時代考証はどうでもよいことであったのだろう。「雛」という言葉の持つ王朝の匂いを当代に甦らせてみたかったのである。

9　蕪村の発句

雛見世《みせ》の灯《ひ》を引《ひく》ころや春の雨
（『蕪村句集』）

几董の編んだ『蕪村句集』（天明四・一七八四年）からの一句。雛見世は、雛人形やその調度類を売る市をいう。江戸でははじめ人形を振り売りする行商人が現れ、享保の頃（一七一六～一七三六年）には臨時に店が建ち並ぶようになったという。京都では四条通、大坂では御堂筋などに雛市が立った。9の句はそれを詠んだ珍しい句である。

通りには、華やかに人形の飾られた店がいくつも立ち並んでいたが、暗くなるにしたがって、ひとつまたひとつと店の灯が消されて行き、静かに春雨が降り出した。和歌における春雨は、音もな

注

（1）女子の平常の室内着。
（2）表が薄朽葉、裏が黄色の襲の色目。袿の上にこの表着《うわぎ》を着ている。
（3）香炉や火鉢の上にかぶせ、衣類に香を焚きしめたり温めたりするのに使う籠。

く降る細かな雨とされる。ここではその本意そのままの春雨のしめやかさが、灯の消される淋しさと調和し、雛祭りとしては異色の夜の時間、ロマンチックな景を描き出している。

消えかかる灯もなまめかし夜の雛　蓼太（『蓼太句集』初篇）

は、雛を人間の夫婦になぞらえた艶っぽい句だが、蕪村の9句にもそんな艶冶な雰囲気があるだろう。蕪村は「灯」の情趣を好んでいたらしく、「花の香や嵯峨の灯火きゆる時」「みじか夜や浪うちぎはの捨篝」「秋の灯やゆかしき奈良の道具市」などの句もある。それぞれの季節の「灯」の句を、9の句と比較してみるのも面白い。

コラム「節分豆撒き恵方巻」（N）

　最近、なぜだか「伝統行事は大事だ、守り伝えていかなければならない」という学生が増えた。古いものを大切にする、という意識は大事だけれど、実はその伝統行事の中身をよく知らない場合が多い。最近の例で言えば、節分の時、恵方《えほう》（その年の縁起のよい方角）を向いて太巻きを食べることがはやっている。目を閉じて食べなければいけないとか、食べきるまでしゃべってはいけないとか、作法も色々、これを行えば、福を呼ぶとか、願い事が叶うとか、効能も色々あるようだ。関西には昔からあったとか、芸妓の怪しげな風習だとかいう説もあり、消費の落ち込んだ海苔《のり》業界が起死回生の試みとして宣伝したという説もあるが、とにかくコンビニやデパートの消費戦略にのって、あっという間に全国に広がった。この節分の新方式に対しては、豆を撒《ま》き鰯《いわし》の頭を飾るという古来の形を大事にしていないという批判が根強く、新聞の投書欄で論争になったこともある。確かに、「鬼を追いやる」という豆撒きの主旨から見れば、太巻きに何の意味があるのかと思うだろう。また、家族勢揃いで恵方を拝んで太巻きにかぶりつく図は結構笑える（個人的には、太巻きを一本食べきるのは苦しいから手を出さない）。

　ところで、鬼を払うというこの行事はいつから始まったのだろう。平城京の時代から、宮中では大晦日に追儺《ついな》の行事が行われていた。鬼やらいともいう。黄金四つ目の仮面を被り、楯と桙を持った方相氏《ほうそうし》を中心に、大声を上げて桃の弓・芦の矢で鬼を駆逐する。宮中の人々もでんでん太鼓に似た振り鼓《つづみ》を鳴らす。一方、豆撒きは節分に行われた民間行事である。節分とは本来、季節の変わる節目のことで、立春・立夏・立秋・立冬それぞれの前日にあたるが、新しい年を迎えるという意識から、特に立春の前日を指して言う。節分の豆撒きは室町時代に始まったようで、すでに「鬼は外、福は内」と唱えられていた。武家では縁起を担いで、「勝ち」に通じる搗栗《かちぐり》（干した栗の実を臼で搗いて、殻や渋皮を取り去ったもの）を撒く場合もあった。中国で大豆を呪術に使った風俗が入り込んだものとも、もともと日本の農村で豆蒔きを摸した行事であったとも言われている。宮中の追儺と民間の豆撒き、この二つの行事が合体して、節分の行事になった。ともに鬼を払うという共通点があったから結びついたのだろう。現在、あちこちの寺社で豆撒きが「節分追儺式」として行われるのはこのためである。やがて、年の数だけ豆を食べる、とか、豆を撒くのは一家の主人、とか、翌年の干支に当たる男だ、とかが付け加わっていった。では、伝統行事という時、私たちはいったい節分の何を守るべきなのだろうか？

鬼を払うことが何よりも大事なのだと考えれば、その力がある大豆を撒くことにこそ意味があるという理屈も成り立つ。しかし、最近では豆が散乱しないようにあらかじめ五、六粒くらい入った小袋で売られている。これで効力はあるのだろうか。落花生を撒く家だってある。古い所でいえば、室町の時代から、すでに「勝つ！」なんて駄洒落で栗も撒かれているのである。そもそも豆を撒くのはたかだか五、六百年しか続いていない風習なのだ。古いものが大事なら、初心に返って桃の弓と芦の矢を使ったらどうだろう。危ないなら振り鼓でもいい。鬼やらいとしてはこっちの方が七百年くらい古い。

鬼を払った結果、福が来る、つまり福を招くということが大切だと考えれば、太巻きを食べることも正しい行事と言えるのかも知れない。鰯の頭も信心から、である。豆撒きの掛け声も「福は内」というではないか。

ちなみに、追儺の行事で鬼を追い払う役であった方相氏は、その異様な姿からか後に鬼そのものだと誤解され、払われる役となった。本末転倒も甚だしいが、結局、行事なんてそんなものなのである。自分が知っている形を正しいと信じて、後から付け加わるものを排除しようというのも、思えば危険な話だ。変化こそ、伝統行事の宿命といってよいかもしれない。近頃は太巻のかわりに、ロールケーキやケンタッキーのツイスターを食べる者もいるとか。太巻きが批判されるのは、安易に商業戦略に乗せられたくないという心理も働くためだろう。実は、雛人形や五月人形、七五三など、とりわけお子様相手の伝統行事はとっくにそうなっているのだが。

ではどうあるべきか、について言いたいというのではない。世間の習俗はなるようにしかならないもので、コントロールできるという発想はおこがましい。文学の読解において伝統行事に言及する場合、その時代時代で、どういう形で行われていたのか、その理由はなぜなのか、或いは、どう信じられていたのかということを調べることが大切なのだ。現代の「あたりまえ」で古典を読み解くのは危うい。とりわけ伝統行事のように形を変えながら現代まで伝わってしまっているものこそ、要注意なのである。

豆撒き推奨派には不本意かもしれないが、やがて、歳時記や民俗学の事典に、二十一世紀初頭には、節分に太巻きを食べることが重要な行事となった、と記される日が来るかもしれない。

方相氏（http:/www.hi-ho.ne.jp/kyoto/setubun-3.html より転載）

レポートのために

課題①端午の節供や七五三などの行事が、古くはどういうものであったかを調べてみよう。

課題②『六百番歌合』には「源氏見ざる歌詠みは遺恨のことなり」（冬上・十三番）という有名な俊成の判詞（歌の勝敗を判定するときの詞）がある。これは何を意味していたのか、調べてみよう。

課題③次の発句とその作者について調べてみよう。

うまず女の雛かしづくぞ哀れなる　嵐雪（『玄峰集』）

綿とりてねびまさりけり雛の顔　其角（『其袋』）

振舞や下座になほる去年の雛　去来（『猿蓑』）

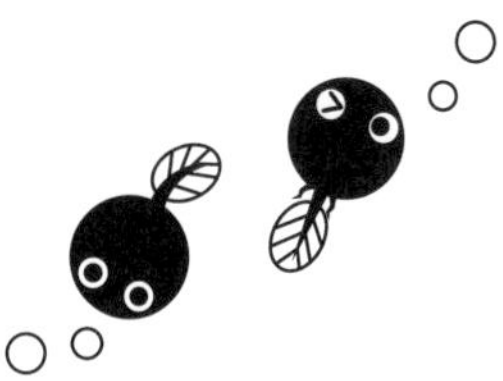

五 行く春・暮春

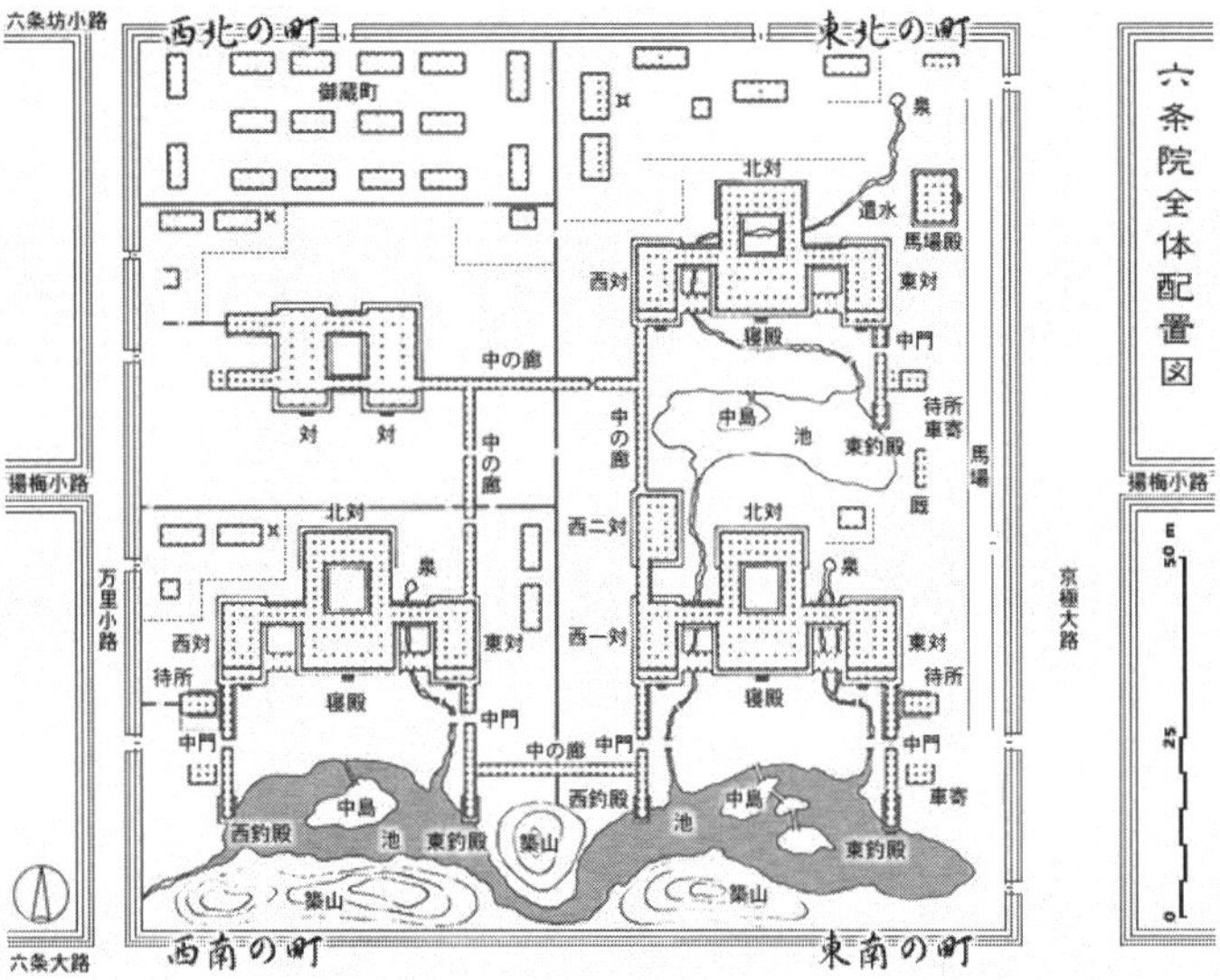

源氏物語六条院図　東南の町が春の町、西南の町が秋の町、東北の町が夏の町、西北の町が冬の町。大林組ホームページより

あなたは、春と秋と、どちらが好きだろうか。

歌人にとって、春と秋はとりわけ重要な季節だった。そして、そのどちらが良いかという「春秋優劣論」も、古代から盛んだった。有名な話題としては、『源氏物語』の主人公光源氏が、四季の町から成る六条院に、自分と関わりのある女性たちを住まわせたことが挙げられる。春の町にはヒロインの紫の上、秋の町には源氏が後見を務める秋好《あきこのむ》中宮が迎えられ、二人は春秋比べの歌を詠み合っている。

木や草の緑が芽吹き、梅、桜、桃と次々に美しい花々が彩る春の季節は、凍てつく冬から解放された生命の喜びに満ちあふれ、全てが衰微してゆく「あはれ」な秋とは対照的な情趣を持つ。春という季題の中心にあるのは「花」であった。そして春は、「我が世の春」など と、充足した甘美な時の代名詞としても使われる。

「行く春」「暮春」「三月尽」といった季題においては、花を追いかけて歓びを尽くした季節が過ぎ去ることへの愛惜を詠う。なお、「暮春」「三月尽」は要するに、春の終わりを示す言葉である。それに対し、「行く春」とは春を擬人化した言葉であって、春が去ってゆく時の経過に主眼を置いた動きのある表現と言えよう。具体的な景として、これらの季題では、散る花、移ろう花が詠まれることが多い。また、留めようとしても留まらない春に、我が身もまた時に流されてゆくことの憂わしさを重ねる場合もある。

1 『和漢朗詠集』三月尽・白居易

留春春不住　春帰人寂寞

厭風風不定　風起花蕭索

春を留むるに春住《とど》まらず　春帰つて人寂寞《せきばく》たり

風を厭ふに風定まらず　風起《おこ》つて花蕭索《せうさく》たり

（春を留めようとしても春は留まらない。春が帰ってしまうと人はひっそりと寂しくすごす。（花を散らす）風を嫌っても風は静まらない。風が立って花は散らされ、もの寂しいさまになってしまう。）

白居易が六十歳頃の作。『白氏文集』(1)に「落花」の題で収録される詩の最初の二聯で、『和漢朗詠集』(2)では「三月尽」の部立の最初に載る。風に散る落花に、春が過ぎ去る寂しさを見ている。

2 『拾遺和歌集』巻一・春・紀貫之

風吹けば　方も定めず　散る花を　いづ方へ行く　春とかは見む

（風が吹けば行方も定めずに散っていく花びら。花びらの行く先を春のゆくえと見たいのに、どの方向へ春は去り行くのか、これでは分からないじゃないか。）

わが宿に　咲きみちにけり　桜花　ほかには春も　あらじとぞ思ふ

（『後拾遺和歌集』巻一・春上・源《みなもとの》道済《みちなり》）

和歌でも、暮春の景として、落花を取り上げることが多い。2は、散る花の行く先が春の去っていく方向なのだ、と見た歌。花すなわち春、という意識に基づく詠み方は、などにもあらわれる。

3 「春のとまり」「春のみなと」

花は根に　鳥はふるすに　返《かへる》なり　春のとまりを　知る人ぞなき

（春が終われば、花は根に、鳥は古巣に帰るという。しかし、春の行く果てを知る人はない。）

（『千載和歌集』(3) 春下・崇徳院）

くれてゆく　春のみなとは　しらねども　霞におつる　宇治の柴舟

（『新古今和歌集』(4) 春下・寂蓮法師）

（暮れ行く春の帰る湊はどこにあるのか知らないが、宇治の柴舟は春霞の底に落ちてゆく。その底こそ春の湊か。）

注

（1）唐の白居易（白楽天　七七二〜八四六）の詩文集。日本へは平安時代に伝来し、文学に大きな影響を与えた。

（2）平安中期の詩歌集。藤原公任撰。朗詠に適した和歌二一六首、漢詩五八八首を撰び、四季・雑の題に分類したもの。詩歌の教養を身につけるための必読書であり、江戸時代に至るまで広く流布した。

（3）七番目の勅撰和歌集。後白河院の命により、藤原俊成が撰した。文治四年（一一八八）成立か。

（4）八番目の勅撰和歌集。後鳥羽院の院宣によって、源通具、藤原有家、藤原家隆、藤原定家、藤原雅経らが撰し、後鳥羽院も撰に深く関与した。元久二年（一二〇五）成立。その後も改訂が行なわれ、後鳥羽院の手になる隠岐本は、四〇〇首を切り出し、大きく変容している。

「とまり（泊）」とは舟の停泊する港だが、本来、物事の行き着く先を意味する「留まり」と同じ語である。春や秋を舟のように移動するものと見て、その行き着く果てを「春の泊まり」「秋の泊まり」と表現した。寂蓮法師の歌のように「春のみなと」と言っても同じことである。寂蓮の歌は、「花は根に」の崇徳院の歌を意識しながら、さらに、

年ごとに　もみぢ葉ながす　たつた河　みなとや秋の　とまりなる覧《らん》

（『古今和歌集』巻五・秋下・紀貫之）

を踏まえ、季節を春に移した。貫之の歌は、紅葉を流し去る竜田川の河口を、秋の留まるところ、行き着く果てではないかと詠んでいる。紅葉を舟に見立て、それが停泊する場所こそ「秋の泊まり」なのだという発見である。一方、3の二首はともに春の行く先を知らないと歌う。春が過ぎ去ろうとしている季節、その喪失感を強調している。

コラム「青春について」(S)

中国古代からの、「五行説」という発想法がある。この世界は、木・火・土・金・水の五気によって満たされており、その五気の循環によってあらゆる変化が起こるとする説である。さらに、漢の時代には「陰陽説」と結びついて「陰陽五行説」が生じた。木・火は陽、金・水は陰、土はその中間だという。「五行説」は、現代の私たちに身近なところでは、惑星の名前や曜日の名前に応

	木	火	土	金	水
(季節)	春		(土用)		
(方角)	東		(中)		
(色彩)	青				
(五獣)	竜		(麒麟)		

用されている。そして、四季・方角・色といったものごとの分類も、五行のいずれかに割り当てられていて、現代日本人の発想の中に息づいている。

左上の表では「木」以外がそれぞれどのように割り当てられているか、わざとほとんどを空白にした。辞書を引けば簡単に知ることができるし、漢字熟語をよく知っている人なら熟語の知識からだけでもかなり埋めることができるだろう。

さて、春は木の気が支配する季節。方角は東、色は青、獣は竜によって表象される。「青春」という言葉はここに由来している。引退してしまったけれど横綱「朝青龍」の「青龍」も五行説にかなっている。「青春」は、しかし、私たちが使う

場合のニュアンスとしては、特殊な色を帯びてしまっている言葉である。つまり、恋愛や冒険に強い関心を持つ若い年代、子供から大人へ移行する途中の中間的年代、そしてそれゆえに悩みの深い年代というニュアンスである。古い時代の「青春」はもっぱら漢詩文に使われるお堅い熟語で、単に「春」、せいぜい「青年」の時期そのものを意味していた。思春期の意味を含む「青春」は、どうも明治になってから流行した近代日本語であるらしい。

それに先行して江戸時代の後期に、「春」を恋愛沙汰、いろごと、ひいてはポルノグラフィーと結びつける言語感覚の変化があったことは見落とせないだろう。「春情」とか「春色」とか「春本」とか。「春色」は為永春水《ためながしゅんすい》の『春色梅児誉美《しゅんしょくうめごよみ》』以下の「春色」シリーズの人情本から定着したと思われる。

「青春」に話を戻せば、その全盛時代は昭和の後期、一九七〇年前後ではなかったろうか。すなわち、テレビドラマの「これが青春だ」（一九六六年）や「飛び出せ！青春」（一九七二年）による「青春」ブームである。石川達三のベストセラー小説『青春の蹉跌』（一九六八年）もあった。そういえば「青春する」という動詞まで用いられた。しかし、個人的な記憶では、私が二十歳前後であった一九八〇年前後にはすでに、自分の年代を「青春」と表現するなんてことは、とても気恥ずかしくてできたものではなかった。たとえば、流行歌の世界でも、一九七三年の小椋佳の「さらば青春」あたりからもう脱「青春」は始まっていたのだろう。一九七六年に発売された、森田公一とトップギャランによる「青春時代」のヒットが、最後の大きな花火だったのではないか。

かくして、日本の「青春」の時代は、とっくに終焉を迎えていたのである。

……と、ここまで書いてきて、三浦雅士氏に『青春の終焉』というそのものずばりの名の文芸評論書があることに思い至った（講談社、二〇〇一。のちに講談社学術文庫にも入った）。確かめてみると、同書は二十世紀の日本文学を「青春という病」の視点から読み解こうとしたものであった。三浦氏によれば、「青春」は二十世紀に入ってからの小説で流行し、「一九六〇年代を最後に、青春という言葉はその輝きを急速に失ってゆく。学生反乱の年として知られる一九六八年、おそらくその最後の輝き、爆発するような輝きを残して、この言葉は消えていった」（はしがき）。私が右に「その全盛時代は昭和の後期、一九七〇年前後ではなかったろうか」などと書いたのは自分の年代の枠にとらわれた視野の狭い物言いであって、安保騒乱の時代のあとの十数年の、歌謡曲とかテレビドラマとかのサブ・カルチャーにおける「青春」の残滓の記憶に過ぎなかったということになろう。

言葉に対する感覚には年代による差が付きものだ。三浦氏と私は約十五年の年齢差がある。現在若者である人たちの感覚は（もっと年代差が大きくて）私にはなかなか想像がしにくい。

十代・二十代のあなたは、「青春」って言葉にどんな感じを持っていますか。

芭蕉

4　芭蕉の発句

和歌

行春にわかの浦にて追付《おひつき》たり

（『笈の小文』(1)）

元禄元年（一六八八）春、芭蕉は弟子の杜国(2)と二人で旅をした。吉野の花を満喫し、高野山に登り紀伊の国に抜け、和歌の浦へと歩を進めた。前書の「和歌」は、歌枕の「和歌の浦」一帯を指している。和歌の浦には、和歌三神の一つ、玉津島神社がある。1の白居易の詩句に言うように春を留めようとしても春は留まらないものであるはずなのに、由緒ある「和歌」の地で春に「追付たり」と詠んだ点が俳諧である。この歌枕では、過ぎ行く春を惜しむ和歌伝統の情趣が、あらためて身に迫ってくると言うのである。和歌の浦を「春の泊まり」「春の湊」と見たのだ。

5　芭蕉の発句

望湖水惜春《こすいをのぞみてはるををしむ》

行春を近江の人とおしみける　（『猿蓑』(3)春の部）

元禄三年（一六九〇）の発句。『猿蓑』の前半、発句部のいちばん最後に置かれた。「近江の人」と春を惜しむことの意味については、『去来抄』に芭蕉の自句評が伝えられている。

先師曰、尚白が難に、「近江は丹波にも、行春は行歳《ゆくとし》にもふるべしといへり。汝《なんじ》いかゞ聞《きき》侍るや」。去来曰、「尚白が難あたらず。湖水朦朧《もうろう》として春をおしむに便《たより》有べし。殊に今日の上に侍る」と申。先師曰、「しかり、古人も此《この》国に春を愛する事、をさ〳〵都におとらざる物を」。

（先師、芭蕉が言われるには、「尚白がこの句を非難して、「近江」は「丹波」にも、「行春」は「行歳」にも置

注

（1）芭蕉の紀行を、その没後に門人の乙州《おとくに》が刊行したもの。貞享四年（一六八六）初冬に江戸を出発して郷里の伊賀で越年、翌春伊勢・大和・紀伊・摂津・播磨を訪ねる第一部（「笈の小文」の旅）と、貞享五年の信濃国姨捨山への月見紀行（「更科紀行」）の第二部から成る。

（2）尾張国名古屋の米商人。貞享元年（一六八四）、名古屋に立ち寄った芭蕉と『冬の日』歌仙をなす。罪を犯して領内追放となり三河国保美村に隠栖していたところを、芭蕉が訪問し、『笈の小文』の旅に誘った。元禄三年（一六九〇）没。享年未詳。

（3）去来・凡兆編。元禄四年（一六九一）刊。書名は芭蕉の「初しぐれ猿も小蓑《こみの》をほしげ也」の発句による。芭蕉七部集の五番目。

き換えられるというが、お前はどのように思うか」と。私（去来）は答えて言った。「尚白の非難は当たっていません。朦朧と霞んだ近江の湖（琵琶湖）の春色は、春を惜しむ拠り所となるでしょう。とりわけ、今まさに感じた気持ちなのですから」と申し上げた。先師はさらに言われた。「その通りだ。昔の人もこの近江の国で春を愛したこと（そしてそれを歌に詠んできたこと）は、都の春を愛したこととまったく変わらないのだから」と。）

「近江」「行春」という表現の必然性を疑問視した尚白の発言を取り上げて、去来は、朦朧とした琵琶湖の春色が惜春にふさわしいこと、そしてそれが「今日の上」、すなわち事実、実感であることをいい、置き換えは不可能だと述べた。すると芭蕉は、去来に賛同しながらも、「古人も此国に春を愛する」と古歌の伝統を強調したのである。常に「古人」の物の見方を意識し、本意を大事にした芭蕉の姿勢をよく表しているといえるだろう。

6　『おくのほそ道』旅立ち

弥生も末の七日、明ぼの丶空朧々《ろうろう》として、月は有あけにてひかりおさまれる物から、冨士の峯幽《かすか》に見えて、上野・谷中《やなか》の花の梢、又いつかはと心ぼそし。むつましきかぎりは宵よりつどひて、舟に乗りて送る。千じゆと云《いふ》所にて船をあがれば、前途《せんと》三千里のおもひ胸にふさがりて、幻のちまたに離別の泪《なみだ》をそ丶ぐ。

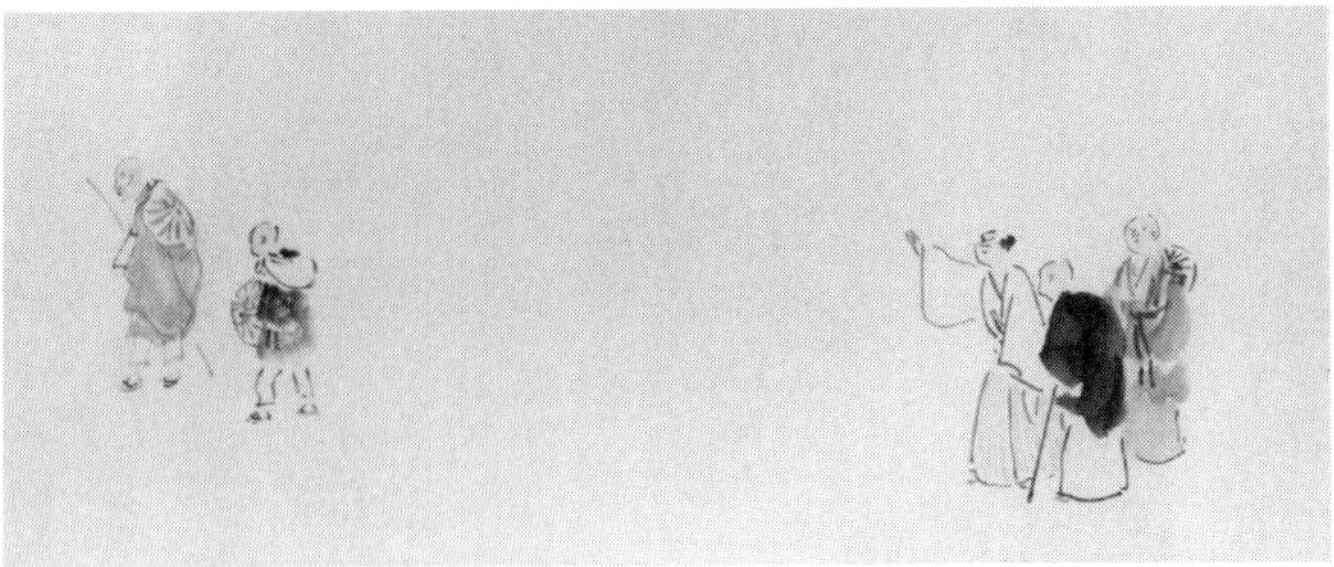

『奥の細道画巻』（京都国立博物館）、旅立ちの場面、蕪村画

行春や鳥啼魚《とりなきうお》の目は泪

是を矢立《やたて》の初《はじめ》として、行道猶《ゆくみちなほ》すゝまず。人々は途中に立ならびて、後《うしろ》かげのみゆるまではと見送るなるべし。

（弥生・三月の下旬の二十七日の、あけぼのの空はおぼろに霞んで、月は有明の月でもうあまり光ってはいないけれども、富士の峰がかすかに見えて、上野や谷中の桜の梢もまた見え、この江戸の眺めをいつまた見ることができるだろうかと、心細く思われる。親しい者は皆、ゆうべのうちから集まって、今朝は舟に乗って私を送ってくれる。千住という所で舟を上がると、これから行く先は三千里もの遠い道だという思いで胸がいっぱいになり、常に別れのくりかえされるこの世という幻の衢《ちまた》ではあるが、その千住の衢に別れの涙をこぼした。／春が過ぎ去ろうとしている。その春を惜しんで、鳥は啼き、魚は目に涙を浮かべている。／この発句を、矢立の筆で旅の記録の最初に書いて、さあ旅立とうとしたが、なかなか行く道ははかどらない。人々は道に立ち並んで、私の後ろ姿が見える内は、と見送ってくれているのであろう。）

芭蕉の執筆した『おくのほそ道』の旅は、三月二十七日というまさに春の終わりから始まっている。人生の本質を旅ととらえ、旅に憑かれた『おくのほそ道』の主人公「予」は、およそ半年かけて陸奥から北陸の長い道のりを歩き、大垣の地で知人・門人の出迎えを受けた後、再び舟に乗って伊勢へと旅立っていく。右に掲げた中で、旅立ちに当たって詠まれた「行春や」の句は、惜春の思いに、親しい友人達との離別の悲しみを重ねたものである。この句は、『おくのほそ道』のいちばん最後の句文、

旅のものうさも、いまだやまざるに、長月六日になれば、伊勢の遷宮おがまんと、又ふねに乗て、

蛤《はまぐり》のふたみに別《わかれ》行秋ぞ

（長旅の後、まだ気分も重たいままなのだが、九月六日になったので、伊勢神宮の遷宮式を拝もうと思い、また舟に乗って、／蛤の蓋（殻）と身が離れがたいように、私も見送りの人々と離れがたい思いを抱きながら、伊勢の二見浦へと別れ行くことだ。折から秋の季節も過ぎ去ろうとしている。）

と呼応している。くりかえし、人ならぬ物（鳥・魚・蛤）を詠み込んで、去りゆく季節（行春・行秋）を惜しむ気持ちと人々との別れを惜しむ気持ちをだぶらせているのである。引き留め得ない季節の歩みと同様に、人間もひとつの旅を終えた後また新たな旅を始めるという、「旅」という主題をめぐる観念は、『おくのほそ道』の冒頭部に端的に述べられている。

月日は百代《はくたい》の過客《かかく》にして、行かふ年も又旅人也。

（月日は永遠にとどまることのない旅人であり、来ては去り、また来ては去って行く年々もまた同じように旅人である。「月日」は、天体の月と太陽と取ることもできる。）

『おくのほそ道』という作品においては、「行春」の本意は、「時間も天地自然も人生も、すべては旅人の如く移り行き流転するものだ」という宇宙の原理につなげられているのである。

蕪村

7 蕪村の発句

暮春

ゆく春や逡巡《しゅんじゅん》として遅ざくら　（『蕪村句集』）

（春がためらいがちに去りつつある。その春を引き留めるかのように、ためらいがちに、遅い桜が咲いている。）

7の句は、門人の召波の句を改作したものであろう。

行く春のとどまる所遅桜　召波　（『春泥句集』）

この召波の句は、暮春の景として落花を描く一般的な詠み方をわざとはずして、遅桜が咲いた所が春の留まっている所だ、と機知的に詠んでいる。留まらないはずの「行く春」が「とどまる」とした点も、俳諧である。これに対し、蕪村は切れ字「や」を用い、さらに中七を変えて、詩情を呼び込んだ。「逡巡として」は上下に掛かる。「遅ざくら」が咲き散ってしまえば春は終わり。だからこそ「遅ざくら」はゆっくりと咲く。また、「行く春」の過ぎ去り方も「逡巡として」いると見て、惜春の思いを去りゆく春の側からとらえたところに特徴がある。行きたくない春と行かせたくない遅桜。双方の切ない思いを「逡巡」という漢語を使う事で、効果的に表現した。

なお、蕪村には、召波や太祇など、門人・知友の作からヒントを得たと思われる作品が多くある。盗作なのではなく、7のように句としての完成度をより高めたり、別趣向に置き換えて興じたりしている。また、仲間内で同じ語句や言い回しを使い、趣向を競い合ったり、詩語として鍛えていったりした形跡もある。7の句は、蕪村編『花鳥篇』に、金篁という俳人の作として発表されている(句形は「ゆく春の逡巡として遅ざくら」)。蕪村が代作したわけだが、身内における著作権は、結構寛容であった。

8　推定安永初年(一七七二)、柳女宛蕪村書簡

春の部

なつかしや朧夜過て春一夜
朧夜過て／今宵はわけておぼろ成ルは春のなごりをおしむゆへ歟《か》との御工案《くあん》、おもしろく候。されどもこれにては朧夜ノ過ぎ去ル事になりて、過不足の過ニはならず候。

なつかしや殊《こと》に朧の春一夜

右のごとくニておだやかに聞《きこ》え候。それを又今[1]□おもしろくせんとならば

なつかしや朧の中に春一夜

桃にさくらに遊びくらしたる春の日数の、さだめなく荏苒《じんぜん》として過行《すぎゆく》興《きょう》象《しょう》也。心は朧々たる中に、たつた一夜の春がなごりおしく居ルやうなと、無形の物を取りて形容をこしらへたる句格也。又右の案じ場より一転して、

春一夜ゆかしき窗《まど》の灯影《ほかげ》かな

まだ寝もやらぬ窓中の燈光は、春の行衛《ゆくえ》をおしむ二三友なるべし。これら秋をおしむ句ニては有べからず。

賈島《かとう》ガ詩ニ

三月正当三十日　ケフハ三月ツゴモリジヤ

注

（1）『蕪村全集』に、「今」の文字は推読、□は判読不可と注。

颪光別我苦吟身　　春ガ我ヲステ、行ゾウラメシイコトジヤ
勧君今夜不須睡　　ソレデイヅレモニ申スコンヤハ寝サシヤルナ
未到暁鐘猶是春　　明六ツヲゴント撞《ツカ》ヌ中《ウチ》ハヤツパリ春ジヤゾ
三月尽の御句　甚《はなはだ》　おもしろく候ゆへ、却而《かへつて》いろ〳〵と愚考を書付《かきつけ》御めニかけ申《まうし》候。近頃の御句と被存《ぞんぜられ》候。

（春の部／　なつかしや朧夜過て春一夜

「朧夜過て」という表現に問題があります。／今宵とりわけ朧なのは春が名残を惜しむためかという御工夫、おもしろく思います。しかし、これでは朧夜が過ぎ去ってしまうことになって、「過不足」の過（程度が甚だしい）という意味にはなりません。

　なつかしや殊に朧の春一夜

（心引かれることだ。春も最後の一夜、とりわけ朧に霞んでいる。）

右のようにすれば、穏当に意味がわかります。それをまたもっと面白くしようとするなら、

　なつかしや朧の中に春一夜

（心引かれることだ。朧に霞んだ夜の中に、たった一夜となった春がこもっている。）

桃の花、桜の花と遊び暮らした春の日々が、いつまでも続くということはなくゆっくりと過ぎ去ってゆくことへの興を詠みました。その心は、朧々と霞む中に、たった一夜だけとなってしまった春が名残惜しげに居るよ

うだと、形のない物を使って、形・状態をこしらえた句法です。また、右の句の案じ所から転じて、

春一夜ゆかしき窗の灯影かな

（春も最後の一夜、窓に灯の光が見え、慕わしい。）

まだ寝ていない窓の中の灯は、春の行方を惜しむ友達二、三人で集っているのでしょう。これらは秋を惜しむ句とは異なります。

賈島の漢詩に、

三月正当三十日　今日は三月晦日。
風光別我苦吟身　春が私を捨てて行く。恨めしいことだ。
勧君今夜不須睡　それで皆さんに申しあげる。今夜は寝なさるな。
未到暁鐘猶是春　明六つの鐘をゴンと撞かないうちは、まだ春だよ。

あなたの「三月尽」の御句がとてもおもしろく思われましたので、かえっていろいろと愚かな意見を書き付けお目に掛けました。あなたの句は大変結構だと思います。）

蕪村が門人柳女の三月尽（三月晦日）の句を添削した手紙。その末尾に中国唐代の詩人・賈島の詩（『唐宋聯珠詩格』所収）を引き、口語訳を試みている。柳女が「春の部」として送った「なつかしや朧夜過て春一夜」句を添削するうち、興に乗じてさまざまに「春一夜（三月尽）」の句を案じてみ

せたのである。

「桃にさくらに遊びくらしたる春の日数の」云々は、まことに風雅人らしい感慨と言えよう。芭蕉に比べ、蕪村には「行く春」の句が多い（次ページの課題③を参照）。甘美な時を過ごした後のけだるさや物憂さ、アンニュイな心境が詠われている。これは、同様に過ぎゆく季節を惜しむ気持ちを詠んでいても、「行く秋」のしみじみとした寂しさとは、色合いの異なるものであった。「なつかしや」「ゆかしき」などの甘美な心情は「秋をおしむ句ニては有べからず」と、蕪村は柳女に教えている。

なお、賈島の詩の訳のこなれた口語調は、漢詩を講釈する当時のスタイルであった。手紙をもらった柳女もユーモア溢れる口語の解を楽しんだことであろう。

レポートのために

課題①『源氏物語』の六条院の四季の町について、登場人物が戦わせる春秋優劣論の内容や、発想の背景、和歌や後代への影響について調べてみよう。

課題②近江の国の、「行く春」を主題として詠まれた和歌や発句を探してみよう。

課題③次の発句からいくつかを選んで、作者の意図を考えてみよう。

行春や撰者をうらむ歌の主　蕪村（『蕪村句集』）
ゆく春やむらさきさむる筑波山　蕪村（『自筆句帳』）
春のくれつくしの人と別れけり　蕪村（『自筆句帳』）
歩き〳〵物おもふ春のゆくへかな　蕪村（『自筆句帳』）
ゆく春やおもたき琵琶の抱心《だきごころ》　蕪村（『蕪村遺稿』）
行春や眼に合《あは》ぬめがね失ひぬ　蕪村（『蕪村遺稿』）
いとはるゝ身を恨寐《うらみね》やくれの春　蕪村（『蕪村遺稿』）

行春の麦に追はるる菜種かな　去来（『三河小町』）

春の行く音や夜すがら雨の足　太祇（『太祇句選後篇』）

蝶が身の人よりかなし春のくれ　樗良（『樗良発句集』）

行く春や鯵にうつろふ鯛の味　大江丸（『俳懺悔』）

夏

六　衣更え

暖かく重たい冬の服から、涼しげで身軽な夏の服へ。或いはその逆へ。タンスの中身を入れ替えるのは心地よい。久しぶりに取り出された服に、懐かしさを感じたり、流行や年齢や身体的条件の変化により果たして今年は着られるだろうかと危ぶんだり……。

衣更えは現代でも身近な行事である。平安時代の衣更えは、四月一日と十月一日と決まっていた。その日、宮中に出仕する貴族たちや女房たちは一斉に夏の衣装または冬の衣装となり、室内の調度もあらためられた。武家社会にも引き継がれ、室町時代には、四月一日に綿入れ（真綿を入れた小袖）をやめて袷《あわせ》（裏地の付いている小袖）を着始め、五月五日から帷子（裏地のない小袖）を着た。そして、九月一日に再び袷に着替え、九月九日から綿入れを着始めた。小袖は、公家社会では、装束の下に着る袖口の詰まった下着だったが、中世以降には男女を問わず中心的な表着となった。

詩歌の題としては、単に「衣更え」と言えば四月一日の行事を指し、夏季となる。冬の衣更えは「後《のち》の衣更え」と呼んで区別した。漢語では「更衣《こうい》」、これで「ころもがえ」とも読む。

ではまずは、『和漢朗詠集』の中から、「更衣」を詠んだ漢詩句と和歌を一つづつ

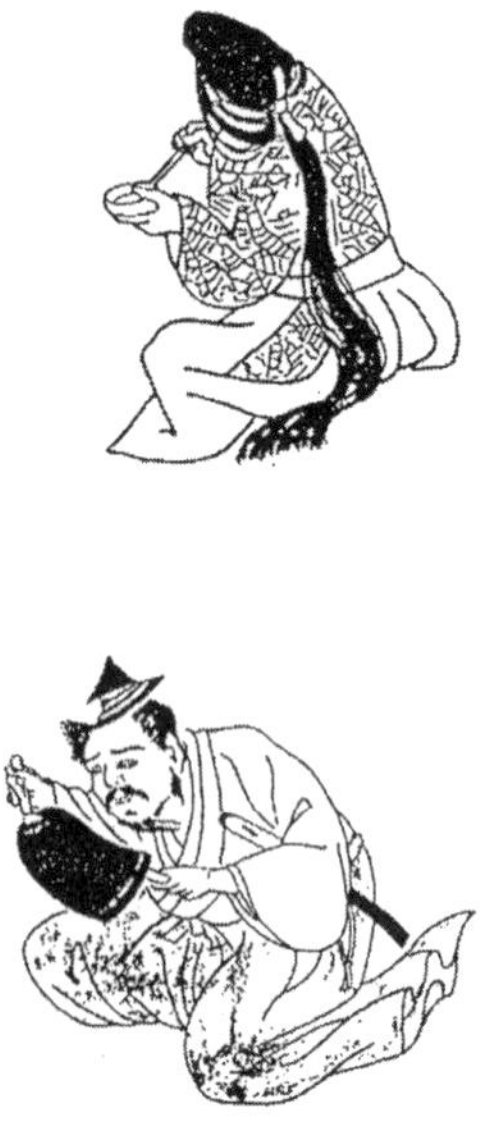

小袖の図。女は『春日権現霊験記』より、男は『七十一番職人歌合』より

取り上げてみよう。

1　『和漢朗詠集』更衣・白居易

背壁残灯経宿焔　壁に背ける灯《ともしび》は宿《よべ》を経たる焔《ほのほ》を残し

開箱衣帯隔年香　箱を開ける衣は年を隔てたる香を帯びたり

（壁の方に向けた灯火は、一晩経っても焔が残っている。衣装箱を開けると、中の衣には、去年焚きしめた香の匂いが留まっている。）

一晩経っても灯火が燃え尽きないというのは、初夏の夜が短いため。夜が明けると衣更えの日なので、夏物の衣服を入れた箱を開けるという場面である。取り出された夏の衣は、昨年しまったときのまま。「香を帯びたり」に大事にしまった様子がうかがわれる。

2　『和漢朗詠集』更衣・源重之

花の色に　染めしたもとの　惜しければ　衣かへうき　今日にもあるかな

（花の色に染めた袂が惜しいので、衣を更えなければならない今日、四月一日はつらいことだ。）

「花の色に染めしたもと」とは、桜色に染めた衣のことで、花への愛着から衣を桜色に染めるという発想のパターンがあった。そこには花を愛し、春を遊び暮らした風流人の自負がある。

1・2の二つの例から分かるように、「更衣」では、久しぶりに夏の衣を着る心躍りと、花に親しんだ春が終わったという惜春の思いという、両方向の気持ちが詠まれるものであった。

3　西鶴(1)の自画賛『句巻十二ヶ月』四月

西鶴

袖をつらねて／見し花も絶て／女中きる物も／今朝名残ぞかし

長持《ながもち》に春ぞくれ行更衣《ゆくころもがへ》

西鶴が十二ヶ月の発句に自ら絵を描いた巻物のうち、四

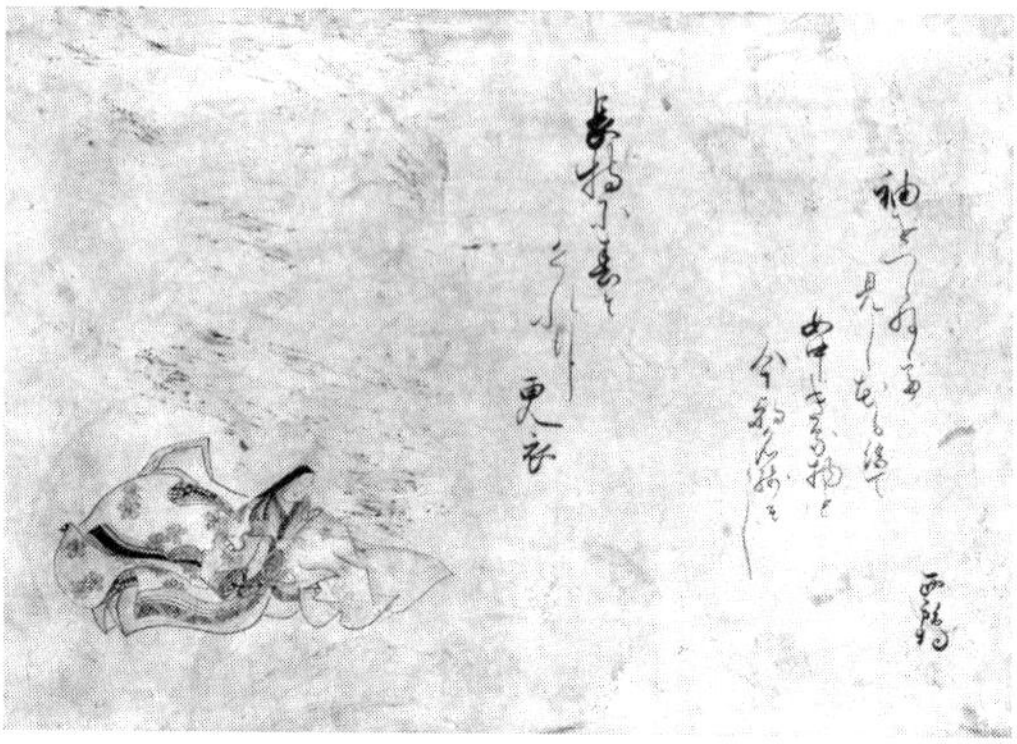

西鶴『句巻十二ヶ月』四月、柿衞文庫蔵

月の句である。こちらは2の気持ちに近い。前書は「皆で連れ立って見に行った花もすっかり散ってしまって、今日はいよいよ衣更え、花見にと女性たちが着ていった華やかな服装も今朝が名残だ」と言っている。発句の「長持」は衣装箱のことで、大型の直方体の木箱。更衣の日に、一枚、一枚、名残を惜しみながら春の衣装を長持の中にしまい込むことを、あたかも春そのものが長持ちの中にしまわれていくようだ、と大胆に表現し、名残惜しさを強調して、華やかな季節の終焉を詠んだ。長持の蓋を閉じたら、爽やかな夏の始まりである。

ところで、西鶴がこの発句に描いたのは、江戸時代の女性ではなく、王朝時代の貴族女性の十二単衣姿だった。このことに注意しておこう。

正保四年（一六四七）に刊行された『山の井』（季吟著）[2]は、四季の題材について実作のヒントと例

注

（1）江戸時代の俳諧師・浮世草子作家。井原氏。軽妙な軽口俳諧を得意とし、宗因流を代表する俳諧師として活躍した。天和二年（一六八二）、『好色一代男』を刊行、以後、『武道伝来記』『世間胸算用』などの浮世草子を著した。寛永十九〜元禄六年（一六四二〜一六九三）。

（2）江戸時代の俳諧師・歌人・古典学者。北村氏。貞徳門。俳諧師として活動するかたわら、『湖月抄』『枕草子春曙抄』などの古典注釈を著し、晩年には息子の湖春とともに、幕府の歌学方となった。寛永元年〜宝永二年（一六二四〜一七〇五）。

句をまとめた季寄せである。江戸初期の俳諧の常識を知るのに便利な本だが、そこでは「更衣」について、次のように解説している。

4　『山の井』更衣

ころもがへは、宮中所々の御装束《さうぞく》、御殿の御帳《みちやう》のかたびらまで、夏の御よそひにあらため侍《はべる》事となれば、「女御もけふは更衣《かうい》かな」とも、「高位にもまじはるや」などもいへり。又花衣ぬぎかへて、はらわたもたつとも、春と夏の季かゆるなどもいひ……

（衣更えは、宮中の人々の衣服や、御殿の御帳のかたびら（薄い絹の布）まで、夏仕様に改めることですから、「女御さまも今日は更衣さまですね」とも、「『高位』の方々ともお付き合いできるかしら」などともいう。また、花見をした綿入れの衣を脱ぎ替えて、腸《はらわた》を断つ思いがするとも、春と夏が着替える（季替える）などともいう……）

右の引用の「　」の箇所には、「更衣」を掛詞にした例が二つ示されている。最初の「女御もけふは更衣《かうい》かな」は「身分高き女御であっても今日はコウイですよ」という洒落。「更衣《かうい》」は、天皇の妻妾のうち女御に次ぐ身分の女官の意味もある。代表的なのが『源氏物語』の桐壺更衣（光源氏の母）であろう。二つめの「高位にもまじはるや」も同音を利用し、「衣更えの日は身分の高いコウイの人々に交わる」という洒落。「花衣をぬぎかへて……」は、2の重之の歌の趣旨と気持ちはいっしょである。ワタイレをしまう、つまりワタを断つから「はらわたをたつ」と言うのがピッタリ、断腸の思いだ、と駄洒落で表現して笑いを誘っている。「季かゆる」は「季」と「着」の掛詞。

なお、『山の井』の引用箇所の後には例句があり、解説で述べた発想を用いた、

位高き女御もけふは更衣哉

はらわたもたつぞや花の衣がへ

といった発句が示されている。

この4『山の井』の記事や、3の西鶴の絵に顕著なように、江戸初期に「更衣」と言った時には、王朝のイメージが伴うものだった。晴れがましい年中行事の一つだったのである。その一方で「更衣」は、季節の推移によって必ずめぐってくる生活感ある「俗」の習慣でもあった。「更衣」は、そうした「雅」と「俗」の両面を持つ季題であったといえるだろう。

5　芭蕉の発句

衣更《ころもがへ》

一つぬひで後《うしろ》に負《おひ》ぬ衣がへ

吉野出《いで》て布子売《ぬのこうり》たし衣がへ　　万菊

（『笈の小文』）

「一つぬひで」は芭蕉の句、「吉野出て」は弟子の杜国の句である。貞享五年（一六八八）の晩春から夏にかけて芭蕉と同道した杜国は、『笈の小文』では、

ともに旅寝のあはれをも見、且《かつ》は我《わが》為に童子となりて道の便りにもならんと、自《みずから》万菊丸と名をいふ。

と紹介されている。吉野の花を堪能した二人は、高野山に立ち寄り、和歌の浦を眺めて、奈良へと引き返す途中で四月一日を迎えた。芭蕉の発句は言う。「今日は衣更え、今日からは夏だ。でも、旅の空にあってはちゃんとした衣更えはできない。せめてもと、ひょいと一枚衣を脱いで、背中の包みにしまってみたよ」。万菊丸と童子ふうの名を名乗る杜国が唱和して発句を詠む。「衣更え、私

なら、この綿入れ一枚を売り払いたいですね。これは吉野で花を見てきた衣服だと自慢してね」。

二人は道中四月一日を迎えて衣更えを意識した。でも世間一般と同じようにはいかないから、旅衣を脱いだり売り払ったりして、それで「衣更えをしたぞ」ということにしたのである。彼らの旅は歌枕を慕う風雅の旅であって、衣更えという雅びな年中行事にも可能な範囲でこだわりを示したのである。そしてそうした、まともに年中行事を果たせない状況にあっても年中行事を実際におこなおうと心掛けるこだわりが、貧・寒の境地を好ましいものとして味わうという意味での、「侘《わ》び」の志向に通じてもいる。

6 『おくのほそ道』日光

黒髪山は霞かゝりて、雪いまだ白し。
剃捨《そりすて》て黒髪山に衣更《ころもがへ》　曽良

「黒髪山」は日光の男体山の別名で、雪の白さと山の名とが対比的に詠まれる歌枕だった。

むば玉の　くろかみ山に　雪ふれば　名もうづもるる　物にぞ有りける

（『堀河百首』冬・俊頼）

のように。『おくのほそ道』によれば、主人公の旅人と「同行」の曽良(1)は四月一日に日光を訪れて黒髪山を見た。すると麓には春の霞がかかっていて、山上には雪がまだ白く残っていたのである。「もう夏に入ったというのに、霞がかかり、歌に詠まれる通りに雪の残っている黒髪山を見ました」と、旅人はまず報告をする。そして曽良の発句を記すのであるが、これは、続いて述べられている曽良の人物紹介を参照しなければ理解しにくい。

曽良は河合《かはひ》氏《うぢ》にして惣五郎《そうごらう》と云へり。芭蕉の下葉に軒をならべて、予が薪水《しんすゐ》の労をたすく。此たび、松島・象潟《きさかた》の眺《ながめ》、共にせむ事をよろこび、且《かつ》は羈旅《きりよ》の難をいたはらんと、旅立《たびだつ》暁髪を剃て、墨染にさまをかへ、惣五を改《あらため》て宗悟とす。仍《より》て黒髪山の句有。衣更《ころもがへ》の二字、力有てきこゆ。

つまり、曽良は『おくのほそ道』の旅人にとって隣人であり、旅の協力者かつ共鳴者である。そして、旅立ちに当たり髪を剃って僧の姿となり名も「宗悟」と改めた。そうした事情を、発句では「剃捨て／黒髪／衣更」に言い込めている。この句の言いたいことは「私はこのたび黒髪を剃り捨てまして墨染めの衣にかえましたが、それがこの夏の衣更えです」ということであり、「そうそう、剃り捨てた黒髪といえば、たまたま衣更えの日には黒髪山の麓に来ていましたよ」とこじつけようとして、中七に「黒髪山に」と山の名を押し込んだと考えられる。「衣更の二字、力有てきこゆ」は、剃髪したことに「衣更」を組み合わせた点が効果的だという句の評である。6の句は曽良の俳諧書留に書き留められておらず、芭蕉が代作した可能性があると言われている。実際の作者がどちらにせよ、芭蕉は『おくのほそ道』において衣更えという季題に触れるに当たり、世俗を離れた旅人の衣更えという独自の視点を用意したのである。

そして、こうして見てくると、6が5の二句のバリエーションであることに、誰しも気付くだろう。芭蕉は、衣更えの句に結びつけて杜国と曽良に同じ役割を与え、紀行文の一部としてリメイクしたと言える。ただし、曽良の方が、仏道修行の行脚僧としての位置付けを強調されている。

しかし、芭蕉の弟子たちは、旅の衣更えよりも日常生活での衣更えを詠むことが多い。

注

(1) 本名、岩波庄右衛門正字《まさたか》。伊勢国長島藩松平佐渡守に仕えていたが、後、江戸へ出て神道を学んだ。天和三年(一六八三)、江戸の大火で甲斐国に滞在していた芭蕉と出会い、以後貞享四年(一六八七)の鹿島詣、元禄二年(一六八九)の奥羽行脚に同行した。慶安二年～宝永七年(一六四九～一七一〇)。

7　芭蕉の弟子の発句

人先《ひとさき》に医者の袷《あはせ》や衣がへ　　許六（1）

（『俳諧問答』所収「俳諧自讃之論」）

許六は芭蕉の門人。「俳諧の底、此《この》句にてぬけたり」と芭蕉に褒められたという句である。許六自身は「此句、秀《ひいで》たる句にあらずといへ共《ども》、血脈《けちみやく》の正敷《ただしき》所より出て、第一衣更《ころもがへ》に気をよく付て、人の及ばざる所を感ぜられたり」と、芭蕉の評価を分析している。優秀作というほどでもないが、衣更えの本意をよく理解して、他人の気付かぬものごとを捉えたというのである。「衣更えの今日、誰よりも早く颯爽と袷を着ているのは、さすが、お医者さんだ」という句意。医者は敬まわれもする反面で世間の評判を気にしなければならない職業であって、服装に気をつけなければならない。四月一日、人の目に立つように衣更えをしてみせるのである。そうした晴れがましさこそが衣更えという季題の本意の核心なのであり、同時代の事象に衣更えの本意を見出して斬新な句にまとめたという点で、芭蕉の評価を得たと考えられる。

8　芭蕉の弟子の発句

越後屋《ゑちごや》に衣《きぬ》さく音や更衣　　其角（2）

（『浮世の北』）

越後屋は、江戸日本橋の三井呉服店、今の「三越」の前身である。越後屋では四月一日ともなれば、袷を新しく仕立てるために、「衣《きぬ》」をビーッと引き裂く音がしきりに聞こえてきて、その音によって爽やかな初夏の到来を感じるというのである。これもまた衣更えの晴れがましい気分をよく捉えている。「鐘一ツうれぬ日はなし江戸の春」（『宝晋斎引付』）のように、其角は江戸の繁栄を自慢する句を詠むことがあるが、この句もその一例としてよいだろう。

ただし、許六は『俳諧問答』の「自得発明弁」において、この其角の発句を「かやうの今めかしき物を取出して発句にする事、以《もつて》の外《ほか》の至り也」と非難している。許六に言わせれば、「医者の袷」ならまだ一般的認知度が高いが、「越後屋」の商売繁盛は新奇に過ぎたらしい。

注

（1）近江国彦根藩士。本名、森川百仲《ももなか》。はじめ貞門に学び、元禄五年（一六九二）、芭蕉に入門した。画技に優れ、芭蕉に絵の師と仰がれた。血脈《けちみやく》説・取り合せ論などの俳論を展開、蕉門の俳文集『本朝文選《ほんちようもんぜん》』を刊行するなど活躍した。明暦二～正徳五年（一六五六～一七一五）。

（2）榎本氏、のち宝井氏。父は医を業とした。延宝初年、一四、五歳の頃芭蕉に入門。芭蕉とともに天和・貞享期の新風をリードした。都会的で知的、技巧的な作風で、晩年の芭蕉風とは異なるが、最初期の門人として、芭蕉の信頼は厚かった。寛文元年～宝永四年（一六六一～一七〇七）。

9　蕪村の発句

ころもがへ母なん藤原氏《うじ》也けり　　蕪村　（『新華摘』）

（衣更えの折に取り出した母の衣装には、藤原氏の紋。母はあの藤原氏の出身であったのだ。）

『伊勢物語』十段を踏まえ、「更衣」の持つ王朝的なイメージから空想を膨らませた。「藤原氏」とは、日本史でおなじみ、平安貴族の代表格の家柄。第十段は、田舎に住んではいるものの、藤原氏の高貴な血を引く母親が、都から来た貴人（むかし男）を娘の聟に、と願う話である。

むかし、をとこ、武蔵の国までまどひありきけり。さて、その国にある女をよばひけり。父はこと人にあはせむといひけるを、母なんあてなる人に心つけたりける。父はなほびとにて、母なん藤原なりける。さてなんあてなる人にと思ひける。

父親は「なほびと」、つまり普通の家柄で、娘を別の男、たぶん財産もそこそこあるような土地の男と結婚させようとしていた。貴族文化を最上とする『伊勢物語』の世界では、母親とむかし男こそみやびな者として描かれるから、何となく父親は旗色が悪い。実際には、父お薦めの男の方が堅実で娘にとっては良い夫だったかも知れないのだが。

蕪村の句は娘の立場から詠んだものだが、『伊勢物語』の娘と限定しているのではなく、また別の物語と読んで構わないだろう。衣装箱から取り出されたのは母の形見の衣服であろうか。私の母は、高貴な出自であった、と母を懐古し、誇りに思う。そうした思いを抱く娘は、今幸せなのだろうか、それとも過去にすがるほど不幸なのだろうか。読者は、娘の現状を過去をさまざまに空想することができる。父親ではなく母親の血筋、という点に屈折が生じるし、また母と娘の強いつながりも感じられる。衣更えの際、しばらくぶりに手に取る衣服に懐かしさを感じるのは誰しも覚えのあることだろう。その実感を古典作品と結びつけ、蕪村は見事な王朝物語を作り出してみせた。

ところで、この句は、蕪村がおそらく母親の追善のため一日約十句の句を作ることを試みた『新《しん》華摘《はなつみ》』という本に収められている。おそらく、というのは本のどこにもそんなことは書いていないからだが、蕪村の尊敬する其角の亡母追善集『花摘』に、書名も形式も倣っていることから、その可能性は高い。その『新華摘』の冒頭には、

灌仏《くはんぶつ》やもとより腹はかりのやど
卯月《うづき》八日死ンで生《うま》るゝ子は仏
更衣身にしら露のはじめ哉
ころもがへ母なん藤原氏也けり

ほと、ぎす歌よむ遊女聞《きこ》ゆなる
耳うとき父入道よほと、ぎす

というやはり物語性の強い句ばかりが並んでいる。9の「更衣」句に蕪村自身の亡き母親への思慕の念を読み取ることはできるだろうが、ここに描かれる母親像を実際の蕪村の母親に重ねるのは危険だ。近世の俳諧作品は、もっと自由に空想を広げる。むしろ、蕪村は、自分自身の感情もひとつの物語に昇華できる才能の持ち主であったことを感じ取ってほしい。

10　蕪村の発句

御手打《おてうち》の夫婦《めをと》なりしを更衣　　蕪村　（『自筆句帳』）

「御手打（討）」は、武士が罪を犯した奉公人を斬り殺すことで、法律上許されていた。「御手打の夫婦」とは、主君である武士が認めていない、御手討ちにあっても仕方のない夫婦関係（私通・密通）をいう。ところが、主君がそれを許してくれて、夫婦そろって人並みに年中行事である衣更えの日を迎えることができた、という意味である。逆接の「を」によって「お手討ちになるはずだったのが思いがけず……」という複雑な事情や時間的な経緯を表す手腕も見事だが、「更衣」という季語の持つさわやかな感じと、許されて生きている夫婦の喜びとが響き合う、その取り合わせが絶妙で、蕪村の代表作といえるだろう。9の句が王朝を舞台にしていたのに対し、こちらは江戸時代の物語。時代劇にもありそうな話だ。それにしても五七五という極めて少ない文字数でこれだけ複雑な内容を伝えてくるのだから、こちらも心して読まなければなるまい。

月渓画『新花摘』より（国立国会図書館）

コラム「衣配り」（N）

紡ぎ、染め、織り、縫い、さらには刺繍をし……今と違ってすべて衣服を手作業で製していた時代、布や衣類は立派な財産の一つであった。もちろん今でも高級衣類はたくさんあるけれど、「Uクロ」も「Sむら」もない時代、衣類の価値は今よりずっと高かったのである。「禄《ろく》」（ご褒美・ご祝儀）はしばしば衣類であったし、昔話『鶴の恩返し』でも、鶴のお返しは羽で織られた見事な布。強盗はお金を取るだけでなく「身ぐるみ脱いで置いていけ」が決まり文句だった。

平安時代、夫の衣装を調達するのは妻の大事な役割で、裁縫や染色の才能は高く評価された。例えば、平安時代の継子イジメ物語『落窪《おちくぼ》物語』では、主人公の女君は裁縫が上手であったため、「もの縫ひにより命は殺さじ」と継母にこき使われる。『源氏物語』でも、紫の上や花散里は衣装調達の上手な女君として称賛されている。

『源氏物語』といえば、玉鬘巻では、光源氏が女君たちの正月用の晴れ着を見つくろい、そこから紫の上がそれぞれの容貌や人柄を推量する通称「衣配り」と呼ばれる場面がある。六条院という同じ敷地内（第五章冒頭参照）に住んでいても、女性たちは自由に行き来できるわけではなく、このときまだ紫の上は他の女性たちに会ったことはない。

例えば、養女のような存在である玉鬘に源氏が選んだのは、「曇りなく赤きに、山吹の花の細長」（真っ赤な袿《うちき》に、山吹襲《かさね》の細長[(1)]）という衣装で、紫の上は、玉鬘の実の父親が華やかできれいな方なのにあまり優美でないようにみえるのに似ているのね、と納得する。そして、源氏の娘を産んだ明石の君に「梅の折枝、蝶鳥飛びちがひ、唐めいたる白き小袿《こうちき》に、濃きが艶《つや》やかなる重ねて」（梅の折枝に蝶鳥が飛びかう模様の唐風の白い小袿[(2)]に、濃い紫のつややかな袿を重ねて）というういかにもいかにも上品な衣装が選ばれた時には、「めざまし」（気にくわない！）と憤慨する。紫の上は少なからずヤキモチを焼いているのだ。かんじんな紫の上自身には、紅梅の模様が浮き出るように織られた葡萄染《えび》（薄紫色）の小袿に、薄紅梅色の袿という華やかながら優美な衣装が選ばれている。その他、大人しい花散里には、薄い藍色で海岸風景の模様というちょっと地味な衣装が選ばれるなど、作者の紫式部自身、どのキャラにどんな服を着せようかと楽しんで書いたに違いない。

ここには、源氏が紫の上の心中を見抜いて「つれなくて、人の御容貌《かたち》推しはからむの御心なめりな」（それとなく他の人の容貌を推理しようとしてるね）とちょっと牽制する描写もあったりして、夫婦のかけひきが面白い。読者もまた、紫の上の

注

（1）「袿」は唐衣《からぎぬ》の内に着るもので、くつろぐときには、表衣を略して用いる。「細長」は貴族の若い女性が小袿や袿の下に着用した。「山吹襲」は表が薄朽葉（赤みのある黄色）、裏が黄（または紅梅）の配色。

（2）「小袿」は高貴な女性の上着で、日常着ではあるが、やや改まった礼装としても用いられた。

目を借りて、今まで登場してきた女君を思い出しながら、この服が合ってる、とか、そうそうそんな感じ、とか想像して楽しむべきところである。身分は高いけれど時代遅れで超不美人な末摘花に対し、源氏が柳の色の地に蔓草模様という優美な衣装を選んで密かに微笑む場面では、源氏って意地悪だなあ、といっしょになって微笑むのがよろしい。

いや、意地悪なのは源氏じゃなくって、作者だ。紫式部、恐るべし。女房として出仕しながら周囲の女性たちのファッションセンスを陰できびしくこき下ろしていたり、したのかも。

レポートのために

課題①「四月一日」と書く姓は何て読むか？　……他にも更衣に関係する言葉を調べてみよう。

課題②西行がどのように死ぬことを望んだかを調べ、次の蕪村の句の意味を考えてみよう。

西行は死《しに》そこなふて袷かな

課題③歳時記などを参考にして、現代俳句の「衣更」句を鑑賞し、現代では「衣更」がどのように詠まれているかを考えてみよう。

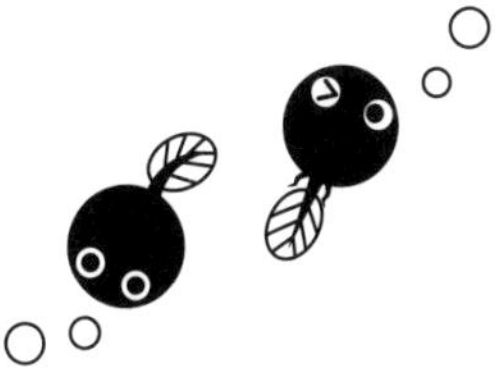

五月雨《さみだれ》とは、旧暦の五月のころに降り続く雨である。すなわち、梅雨《つゆ》。語源には諸説あるが、『大言海』は五月《サ(ツキ)》の水垂《ミ・タレ》と説いており、そのあたりが穏当か。「梅雨《つゆ》」は露が滴る時分ということだろう。二〇一一年のデータによれば、入梅の平年値は、沖縄五月九日、近畿六月七日、関東六月八日、東北北部六月十四日となっている。梅雨明けの平年値は、沖縄六月二十三日、近畿・関東ともに七月二十一日、東北北部七月二十八日。ざっと四十日から五十日の雨期である。これを旧暦に読み替えるとどうなるか。近畿を基準に、閏月が入らないものとし、仮に元日立春として旧暦に変換するならば、五月初旬から六月中旬までが平年の梅雨の期間ということになる。五月の雨と呼ばれるのもむべなるかな。

五月雨は『万葉集』には詠まれていない。当時は季節に関わりなく、雨が降り続けば「長雨」と言っていたようだ。『古今和歌集』時代に至って、「時鳥《ほととぎす》」との組み合わせで詠まれるようになった。歌の題として定着したのは『後拾遺和歌集』の時代で、「菖蒲《あやめ》」「早苗」「沼」「川」との組み合わせが多い。また、「さ乱る」を掛詞として用いて、恋歌に利用することもよくあった。『新古今和歌集』から後は、「五月雨のころ」「五月雨の雲」という言い方が決まったパターンとなって、梅雨の風景を詠んだ自然詠が主流になってくる。

1

『古今和歌集』巻三・夏・紀友則

寛平御時后宮《くわんぴやうのおほむときさいのみやの》歌合の歌

五月雨に　物思《おもひ》をれば　郭公《ほとゝぎす》　夜ふかくなきて　いづち行《ゆ》くらむ

（寛平御時后宮歌合において詠まれた歌／五月雨のころ、恋の物思いにふけっていると、時鳥の鳴き声が聞こえた。この雨の中、夜も更けたというのに、どこへ飛びわたってゆくのだろうか。）

2

『後拾遺和歌集』巻十四・恋四・藤原長能《ながよし》

雨の降り侍ける夜、女に

かきくらし　雲間も見えぬ　さみだれは　絶えず物思ふ　わが身なりけり

（雨が降ります夜に、女のもとに詠んで贈った歌／暗い空、すき間もない雲、降る五月雨。それは心乱れて物思いに沈む私自身。）

3

『新古今和歌集』巻三・夏・藤原良経

釈阿、九十賀たまはせ侍し時、屏風に五月雨

小山田《を》に　引くしめなはの　うちはへて　朽ちやしぬらん　五月雨の比《ころ》

（釈阿〈藤原俊成〉の、九十歳の賀の会を後鳥羽院が催させなさった時、屏風に五月雨の景が描かれているのを

見て詠んだ歌／山田の苗代に引いている注連縄がすっかり腐っちゃったんじゃないかな。五月雨の頃。）

連歌においても、五月雨は陰鬱な、地上を水浸しにして人の営みを妨げる、困った気象現象として詠まれるものだった。連歌師の紹巴が豊臣秀吉に教えた連歌の基本には、五月雨の本意について次のように説かれている。

4　紹巴『連歌至宝抄』

五月雨の比《ころ》は明暮《あけくれ》月日の影をも見ず、道行人《みちゆく》の通ひもなく、水たん〳〵として野山をも海にみなし候様に仕《つかまつる》事、本意也。

（五月雨の頃は、明けても暮れてもお月さま・お日さまの光さえも見ることができず、道には通行人の姿もなく、水がたんたんと地上にあふれ、野山さえも海かと見えるというように句を作りますのが、本意というものです。）

芭蕉

芭蕉は、弟子の曽良を伴い、元禄二年（一六八九）三月（旧暦）の末に江戸深川の芭蕉庵を発ち、東北地方南部から北陸道をめぐって、美濃国（岐阜県南部）の大垣に八月二十一日に到着した。『おくのほそ道』は、その現実の旅から約四年を経てまとめられた紀行文である。

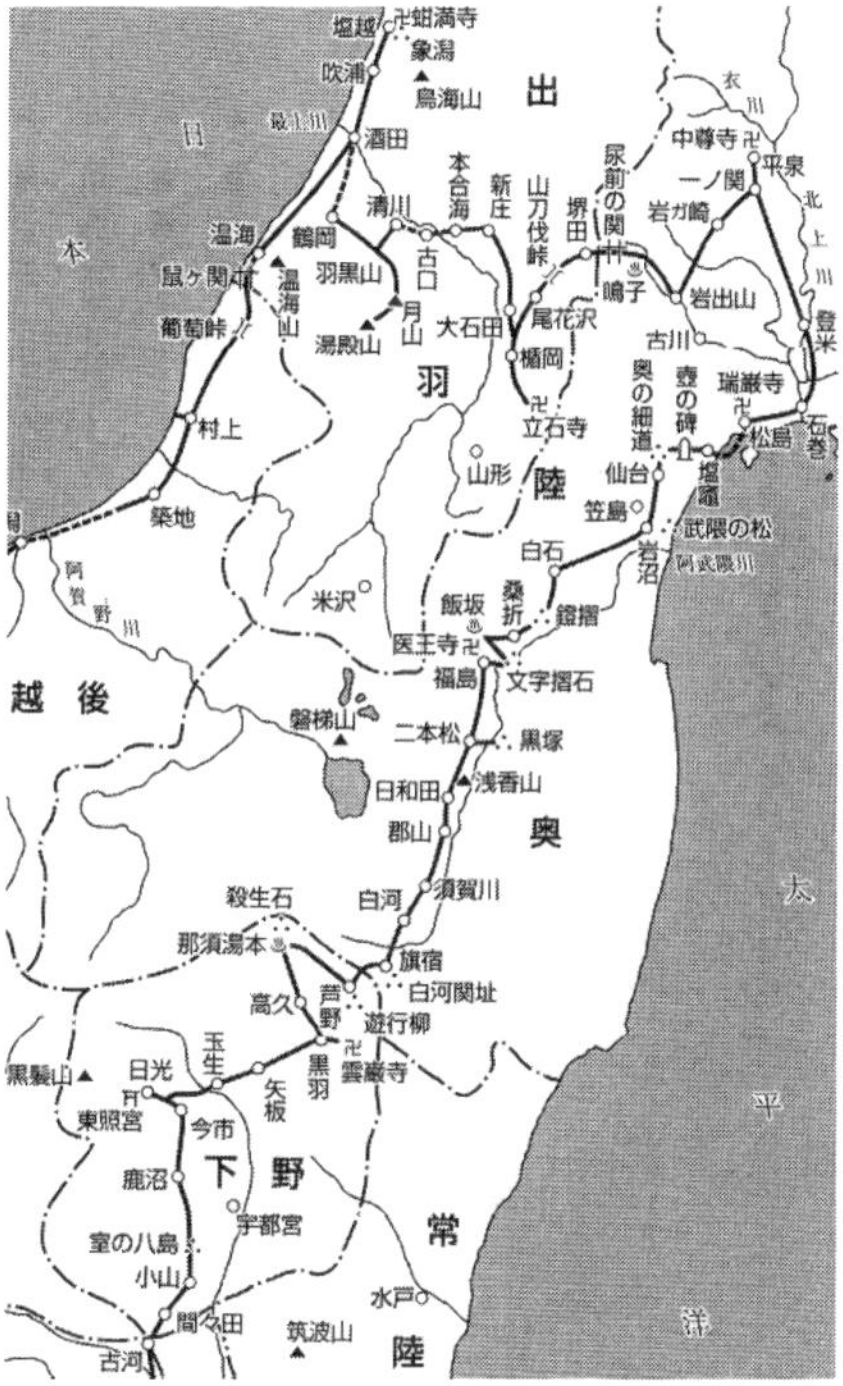

『写真で歩く奥の細道』（三省堂、2011）より、
下野・陸奥・出羽の行程図

二人は五月三日に白石を通過している。『日本暦西暦月日対象表』（野島寿三郎編、日外アソシエーツ、一九八七）によって西暦に置き換えると、六月十九日のことであった。『おくのほそ道』では、白石を過ぎ笠島に近づいた頃から「五月雨」が強調され始める。

5　『おくのほそ道』笠島

あぶみ摺《ずり》、白石《しろいし》の城《じよう》を過《すぐ》。笠じまの郡《こほり》に入れば、「藤中将《とうのちゆうじやう》実方《さねかた》の塚はいづくの程ならん」と人にとへば、「是《これ》より遙《はるか》右に見ゆる山際の里を、みのわ・笠嶋と云《いふ》。道祖神《だうそじん》の社《やしろ》、かたみの薄《すすき》、今にあり」とをしゆ。此比《このごろ》の五月雨に、道いとあしく、身つかれ侍れば、よそながらながめやりて過《すぐ》るに、みのわ・笠じまも、五月雨の折にふれたりと、

笠嶋はいづこさ月のぬかり道

（義経上洛の際の難所として知られた古蹟「鐙摺《あぶみずり》」、白石の城を過ぎた。笠島郡に入ったので、「藤中将実方《さねかた》の墓はどのあたりでしょうか」と地元の人に尋ねると、「ここから遥か右手の方に見える山際の里を、箕輪・笠島といいます。実方にゆかりの道祖神の社や形見の薄が今も残っています。」と教えてくれた。しかし、ここしばらくの五月雨のために、道はとてもぬかるんでいて、体も疲れておりましたので、遠くから眺めるだけで通り過ぎましたところ、「簑輪・笠島」なる地名も、五月雨の季節にぴったりだと思って、発句を詠みました。／笠島はどこかなあ。五月の雨にぬかるんだ道をどう行けばその「笠」にたどりつくのかなあ。――実方・西行と

いった風雅数奇の旅人に縁のあるその「笠島」に。）

藤中将実方は平安時代の歌人（九九八年没）で、宮中にて藤原行成と口論して行成の冠をはたき落とし、一条天皇から「歌枕見て参れ」と命ぜられ、陸奥に左遷されたという説話の主人公である（『古事談』他。実方については、「十八　枯野」で詳述する）。ところが、笠島の道祖神の前を馬に乗ったまま通り過ぎようとして、「効験《かうげん》無双《ぶさう》の霊神、賞罰分明」だから「下馬して再拝して過ぎ給へ」と教えられながら、「この神下品《げぼん》の女神にや、我下馬に及ばず」と言ってそのまま通り過ぎた。すると、たちまち道祖神に「蹴《け》殺された」という（『源平盛衰記』）。さらに、死後には雀となって宮中に戻り、台盤所の米をついばんだという伝説までもある（同）。西行法師（一一一八年生〜一一九〇年没）は、笠島の実方塚に詣でて、

くちもせぬ　その名ばかりを　とゞめおきて　枯野の薄　かたみとぞみる

と詠んだ（『新古今和歌集』巻八・哀傷、詞書略）。

なお、『おくのほそ道』の草稿本では、「みのわ・笠じまも、五月雨の折にふれたりと」の部分がなくて、「笠嶋は」の発句の後に、

又狂哥して曽良に戯ぶる

旧《ふる》あとの　いかに降《ふり》けむ　五月雨の　名にもある哉　みのわ笠しま

という「狂哥」が記されていた。芭蕉の狂歌は珍しいが、「旧《ふ》る」と「降る」の掛詞の反復や「五月雨―笠―簑」という縁語による言葉遊びなら狂歌という形式で表現するのがふさわしいと、当初考えていたのではないだろうか。しかし、『おくのほそ道』の中でここだけにぽんと狂歌が現れるのはやはり違和感があったからか、結局は狂歌を抹消して紀行の本文に溶け込ませている。

この「笠島」の章段が、4にあったような、「道行人《みちゆく》の通ひもなく、水たん〳〵として野山をも海にみなし候様に仕《つかまつる》」五月雨の本意に沿って書かれていることは確かである。

さて、芭蕉と曽良は五月十二日（西暦では六月二十八日）に平泉の中尊寺を参詣した。

6

『おくのほそ道』平泉

兼《かね》て耳驚《おどろか》したる二堂開帳す。経堂は三将の像を残し、光堂は三代の棺《ひつぎ》を納め、三尊の仏を安置《あんち》す。七宝《しっぽう》散うせて玉の扉《とびら》風にやぶれ、金《こがね》の柱霜雪《さうせつ》に朽《くち》て、既頽廃《すでにたいはい》空虚の草村となるべきを、四面新《あらた》に囲《かこみ》て、甍《いらか》を覆《おほひ》て風雨を凌《しのぎ》、暫時《しばらく》千載の記念《かたみ》とはなれり。

五月雨の降《ふり》残してや光堂

（かねてからすばらしいと噂に聞いていた中尊寺の経堂・光堂の二堂が公開中だった。経堂には清衡《きよひら》・基衡《もとひら》・秀《ひで》衡《ひら》の奥州藤原氏三代の将の像があり、光堂にはその三代の棺を納めて、三尊仏を安置している。堂の柱などを飾っていた七宝が散り失せて、珠玉を飾り立てた扉は風に吹かれて破れ、金箔を押した柱も霜や雪のために朽ちて、もはや堂宇が崩れ落ちむなしい草むらになってしまうはずの所を、四面を鞘《さや》堂によって新しく囲んで、瓦葺きの屋根で覆って風雨をしのいでいる。それでしばしの間、昔の有様を今に伝える建物となった。／五月雨は年々降りつのってすべての家居を朽ちさせてしまうものなのに、この光堂には降らぬまま残したのだろうか。昔と変わらぬ輝きを放っている。）

3の古歌に「朽ちやしぬらん」とあったように、降り続く雨の力で人間のこしらえた物を朽ちさせ腐らせるというのも、五月雨の本意である。芭蕉はそれを反転させ、光堂が目前に残っているのは五月雨が降り残したのかと言って、その千載不朽のさまを称えたのである。なお、曽良の旅日記には「経堂は別当留守にて開かず」とあるので、芭蕉は実際には経堂の中を見ていない。

曽良の旅日記から空模様の記事を拾うと、五月二十六日まで雨がちだったのだが、五月二十七日に「天気能《よし》」とあって、その後はおおむね好天が続いている。梅雨が明けたのであろう。その直後の五月二十八日（西暦では七月十四日）から、芭蕉と曽良は大石田に三泊している。

さて、大石田の宿泊先で俳諧の会を催すにあたり、芭蕉は、

7 芭蕉の発句

さみだれをあつめてすゞしもがみ川　（真蹟懐紙）

という発句を詠んだ。これは、大石田で水運業を営む亭主の一栄に、「最上川に近い宿をお借りしました。折から最上川は五月雨の水を集めて涼しさをもたらしてくれています。心地良くありがたいことです」と、もてなしへの感謝の気持をこめた挨拶を述べている句。これも、五月雨のせいで地上に水が溢れるという本意をひとひねりしている。「おかげで涼しい」と言った点が斬新である。その後、芭蕉と曽良は六月三日（西暦では七月十九日）に一栄宅を発ち、新庄近くから川舟に乗って最上川を下った。

ところが、『おくのほそ道』では、大石田での発句を、最上川の川下りの場面に転用している。

8 『おくのほそ道』最上川

最上川はみちのくより出て、山形を水上とす。ごてん、はやぶさなど云《いふ》、おそろしき難《なん》所有《じよあり》。板敷山《いたじきやま》の北を流《ながれ》て、果《はて》は酒田《さかた》の海に入《いる》。左右、山おほひ、茂みの中に船を下す。是《これ》に稲つみたるをやいなふねとは云《いふ》ならし。白糸《しらいと》の滝は、青葉の隙《ひま》〳〵に落て、仙人堂、岸に臨《のぞみ》て立《たつ》。水みなぎつて舟あやうし。

さみだれをあつめて早し最上川

（最上川は陸奥に源流があり、上流は山形領である。中流には碁点・隼などという、舟にとっておそろしい難所がある。板敷山の北側を流れて、最後には酒田の辺りで海に入る。川舟に乗ってみると、両岸は山が左右からおおいかぶさり、木々の茂る中、舟を下すのである。この舟に稲を積んだのを、古歌では「稲舟」と言うのであろう。白糸の滝は青葉のすき間すき間に流れ落ち、仙人堂は川岸ぎりぎりに立っている。最上川は水がみなぎって、舟が覆されそうで危なかった。／折から最上川は五月雨の水を集めて、いっそうの急流となっている。）

数文字の差し替えによって、芭蕉は、一つの発想の発句を二つに使い分けている。7の「すゞし」を8の「早し」と改めたこの発句の役割は、最上川の急流を川舟で下った際の感覚を、紀行文で効果的に再現することにあった。ただ、「早し」のほうが、水が溢れるという五月雨の本意と、「早川」である最上川の本意とに忠実であり、「すゞし」とした場合よりもひねりは弱くなっている。

コラム「芭蕉の笠」（S）

「山田の中の一本足のかかし、天気がよいのにミノカサつけて」。

尋常小学唱歌の「かかし」である。我が家の高校生に尋ねたが、この歌を知らないそうである。現代のかかしはさまざまなかっこうで田んぼの番をしているが、かつては「ミノカサ」がお仕着せだった。ミノ（簑・蓑）は藁《わら》や菅《すげ》など植物性繊維でできた雨具で、肩から掛けるものである。カサは、かかしの場合、頭にかぶる「笠」であり、柄を手に持って差しかざす「傘」ではない。「笠」と「傘」の違いはshadeとumbrellaの違いである。ミノとカサは農民や漁民や猟師の基本スタイルであり、歌舞伎などではそうした職業を表わす定型として用いられる。たとえば、忠臣蔵の五段目、猟師に身をやつす早野勘平。さても、かかしどもは造り主に似せて造られたのであった。

だが、芭蕉にとっての「笠」の意味は少し違った。「旅人」の表象というべきアイテムだった。笠に関する句文を記した芭蕉の真蹟懐紙が三種残されているが、小学館の新編古典文学全集『松尾芭蕉集②』で「笠はり一」と名付けられたものには、次のように書かれている。

坡翁雲天《はをううんてん》の笠を傾《かたぶけ》、老杜《らうと》は呉天《ごてん》の雪を戴く。草庵のつれ〴〵、手づから雨のしぶ笠をはりて、西行法師の侘笠《わびがさ》にならふ。

世にふるも更に宗祇のやどり哉

江散人芭蕉

文の内容は、『松尾芭蕉集②』の現代語訳を引けば、「蘇東坡《そとうば》(1)は南の国に流され雲の浮いている広々とした空の下で笠を傾け、杜甫(2)はその笠に呉の国の空からの重い雪を載せた。私は草庵のつれづれに自分で笠に紙を張り渋を塗り、これを被《かぶ》って、あの西行の侘しい旅にならおうとしている」。笠は、蘇東坡と杜甫という二人の詩人の旅を思いやるよすがであるし、西行法師に「なりきり」で旅をするための小道具なのである。そして発句にはもう一人、旅する連歌師として著名な宗祇も登場する。芭蕉の発句自体、宗祇の発句、

世にふるもさらに時雨のやどりかな

(この世に生きながらえるのも、自分にとっては長く思われても、まったく、降り出した時雨を逃れて雨宿りをするようなもので、実は短くはかないものだよ)

を踏まえている。つまり芭蕉は、「人生は宗祇の雨宿りのようなもの」と述べて、宗祇に全面的に賛同を示しているのである。文と句とを合わせると、被った笠によってかろうじて時雨をしのいでいる宗祇の姿が、芭蕉にとっての旅人の理想像として、浮かんでくるようでもある。宗祇は「笠やどり」しながら時雨の中を旅していたのだろうな、

注

(1) 蘇軾《そしょく》。中国北宋の文人。字は子瞻。号は東坡居士。詩文に秀で、「赤壁賦《せきへきのふ》」などで知られる。唐・宋代の代表的な八人の文章家をいう唐宋八家の一人。一〇三六～一一〇一。

(2) 中国盛唐の詩人。字は子美。詩聖と呼ばれ、李白と並び称された。七一二～七七〇。

うらやましいことだ、と。

　芭蕉の笠の問題は『おくのほそ道大全』（笠間書院、二〇〇九）の「萩の旅路」という文章で考察しているので、よろしければそちらもぜひ。なお、私は実見していないが、伊賀上野城の天守閣に上ると芭蕉の笠が展示されているらしい。城内の「俳聖殿」は一九四二年の建築だが、二階の屋根はその笠を摸したものだそうである。

　ところで、現代の我々にとって、旅を表象するモノは何だろう。ガイドブック？　バックパック？　スーツケース？　旅行用の靴？　あるいはパスポート？　人によっては車だったりするのかな。

　今の私にとっては、小型のデジタルカメラと、充電用のアダプターだ。Nにも尋ねてみた。答えは、「昼ビール」だそうである。

「俳聖殿」（伊賀市ホームページより）

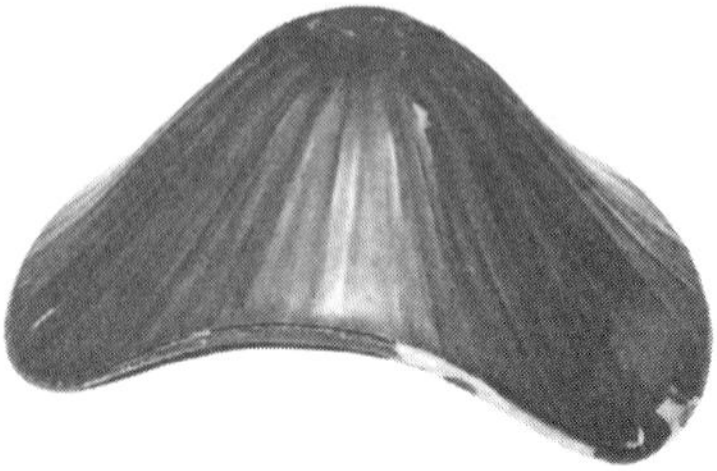
芭蕉愛用の笠　伊賀文化産業協会蔵（『図説おくのほそ道』河出書房新社、2000年、より）

蕪村

9　蕪村の発句

さみだれや大河を前に家二軒　（『自筆句帳』）

今にも溢れて「野山をも海に」（4『連歌至宝抄』）なしかねない、五月雨の川の不気味さを詠んでいる。芭蕉が最上川に「あつめて」みせた五月雨のエネルギーを、人々の生活への脅威という視点からとらえたといえる。寄り添うような二軒の家が不安感を高めるのに効果的で、これが一軒だと危うすぎるし、集落ではピントがぼやける。

ところでこの川は「大河」と無名化され、川の具体像は読者の想像に任されている。同様の発想で、もっと端的な例が、次の句だろう。

さみだれや名もなき川のおそろしき　（『自筆句帳』）

普段は名もない小さな川でも、五月雨によって恐ろしい川となる。ストレートすぎる感じもするが、この「名もなき川」という表現は、おそらく、春の部「一　新年」で挙げた7の芭蕉句、

春なれや名もなき山の薄霞　（『野ざらし紀行』）

を意識しているのだろう。芭蕉の句には、歌枕でない無名の山にもそれなりに霞が立つというおかしみがあったが、蕪村の句では、大河でない小さな川も急変する大げさな物言いにおかしみがある。俳諧史的に言えば、蕪村の時代には芭蕉はすでに大先達として崇められていた。そこで、芭蕉の表現を踏まえながら、どのように新しさをみつけるか、が蕪村の課題だったのだ。

10　蕪村の発句

五月雨や滄海《あをうみ》を衝《つく》濁水《にごりみづ》　（『新華摘』）

五月雨による増水の句をもうひとつ。画家である蕪村は、大景を詠むことにも長けていた。大河の濁流が勢いよく海に注ぎ込むさまを「衝《つく》」、すなわち海を突き刺す、ととらえた。「蒼海」はソーカイと読んだ方が響きが良いが、わざわざ「アヲ」と振り仮名が付けてある。これは、海の青さと黄濁した川の泥色の対比を強調したかったからだろう。

さて、この句はどこからみたものだろう。空？　高い山の頂上？　現代の我々は、ヘリコプターからのテレビ中継を見馴れている。青海原に濁った川の水が流れ出る様子も、映像で目にしたことがあるかもしれない。我々にとっては当たり前の景だが、蕪村の時代には想像力のなせる業であった。蕪村と同時代の俳人に、「海に入る川の濁りや五月雨《さつきあめ》　富水」（『俳諧新撰』）など、同じ発想に基づいた句もある。ただし、蕪村句のほうが、五月雨の水の勢いを詠み得てはるかに優れているだろう。

大石田の最上川

レポートのために

課題①『おくのほそ道大全』（笠間書院、二〇〇九）所収、深沢眞二「萩の旅路」を参照して、芭蕉にとっての笠の意味をさらに考えてみよう。

課題②数字を詠み込むことで、一句の世界は具体的になる。次の句における数字の効果を考えてみよう。

梅一輪一輪ほどの暖かさ　嵐雪（『遠のく』）
富士に傍《そ》うて三月七日八日かな　信徳（『一楼賦』）
月《つき》十《じふ》四《よつ》日《か》今宵《こよひ》三十九の童部《わらべ》　芭蕉（真蹟短冊）
こがらしに二日の月のふきちるか　荷兮（『あら野』）
こがらしや何に世わたる家五軒　蕪村（『自筆句帳』）
鶏頭の十四五本もありぬべし　子規（俳句稿）

課題③「雨」をめぐる季語について調べ、連歌や俳諧の例句を読んでみよう。

八　ほととぎす

時鳥（樗良「自画賛巻」より。柿衛文庫蔵）

ほととぎすは、ホトトギス科の鳥。背中は灰褐色、腹部は白地に黒い横縞がある。カッコウに似るが、全長約二十八センチで、カッコウよりも小さい。杜鵑・時鳥・子規・郭公・不如帰などさまざまな漢字表記がある。初夏に南方から日本に渡来し、晩夏に帰る。自分で巣を作らないで、ウグイスなどの仮親に育てさせる「托卵」の習性が知られている。山野に棲み、林を飛びまわりながら昼夜を分かたず鳴く。

中国・日本の文芸では、冥土との間を往来する鳥とか、クチバシの中が赤いことから鳴いて血を吐く鳥とされることがある。日本の古典においては夏の代表的な風物とされ、「五月」「五月雨」「橘」「あやめ」「卯の花」などの季題と取り合わされることが多い。何と言っても、「人はその初鳴きを待ち焦がれて夜遅くまで起きている」ことが本意である。そこから展開して、なかなか来ない恋人や、旅して暮らす人に結びつけ、寓意的に表現されたりもする。また、「程、時、過ぐ」との掛詞の用例も多い。

1　『古今和歌集』巻十一、恋の部の巻頭歌、読人《よみびと》しらず

ほとゝぎす　鳴くやさ月の　あやめ草　あやめも知らぬ　恋もする哉

（ほととぎすが鳴いているよ、五月になったんだなあ。五月の菖蒲《あやめ》も目につく。菖蒲といえば、人は、どうにもアヤメを知らない、つまり理屈じゃない恋に落ちてしまうものなんだよなあ。）

この歌の主題は「恋は説明のつかないもの」ということだが、前半部は「あやめも知らぬ」という語句を引き出すための序詞の役割を持っている。あやめは文《あや》・目、ものごとの道理である。冒頭に「ほととぎす鳴く」と置くことで、恋しい人に会えなくてつらい心の叫びをほととぎすの鳴き声と重ね合わす仕掛けにもなっている。

2　『千載和歌集』巻三・夏・藤原実定

郭公《ほととぎす》　なきつるかたを　ながむれば　たゞ有明の　月ぞのこれる

（ほととぎすが鳴いた、その方向を眺めてみれば、もう飛び去っていて、ただ、有明の月だけが空に残っていたよ。）

この歌には、前提として、ほととぎすが鳴くのを待っていたずらに時間を過ごし、明け方近くに

やっと一声聴いたという状況がある。聴こえた、嬉しい、でもすぐに飛び去ってしまって、光を失いつつある有明の月がしらじらと見える。その軽い失意。「後徳大寺左大臣《ごとくだいじのさだいじん》」の作者名で『百人一首』入集歌としても知られている。

ところで、清少納言はほととぎすの大ファンだったらしい。

3　『枕草子』三十八段「鳥は」

郭公《ほととぎす》は猶、さらにいふべきかたなし。いつしかしたり顔にも聞えたるに、卯花《うのはな》、花橘などにやどりをして、はたかくれたるも、ねたげなる心ばへ也。五月雨のみじかき夜に寝覚《ねざめ》をして、いかで人よりさきに聞かんとまたれて、夜ふかくうちいでたるこゑの、らう〱じう愛敬《あいぎやう》づきたる、いみじう心あくがれ、せんかたなし。六月に成ぬれば、おともせずなりぬる、すべていふもおろか也。夜なくもの、なにも〱めでたし。ちごどものみぞ、さしもなき。

（ほととぎすはなおのこと、まるで文句の付けようがない。いつの間にか自慢げにも聞こえるようになって、卯の花や、橘の花などに宿を取って、半分ぐらい身を隠しているのも、心憎い感じがする。五月雨の降る短夜の頃、夜中に目を覚まして「なんとかして他の人を出し抜いて聞きたい」と待ちに待っていると、夜が更けてから鳴き出した声の、優雅で上品なことといったら。たいそう心を奪われるのも当然のことだ。六月になってしまうと、ちっとも鳴かなくなるということもすばらしく、まったく非の打ち所がない。夜鳴くものはどんなものでもステキだ。ただし赤ん坊だけはそうとも言えないけど。)

この文章には、ほととぎすが卯の花・花橘・五月雨といった景物と結びつけられて鑑賞されるものだということがよく表れている。また、ほととぎすが五月限定で鳴く鳥だということで高く評価されていることに注意したい。同じ段で、鶯は春に鳴き始めてから「夏秋の末まで老《お》い声に鳴《なき》て、虫くひなど、ようもあらぬ物は名をつけかへていふぞ、くちをしくすごき心ちする……猶《なほ》春のうちならましかば、いかにをかしからまし」(夏・秋の終わり頃まで老いた声で鳴いて、「虫くい」などと、心ない人は別の名前で呼んだりするのは、残念だし鶯のためには残酷な気がする。……それでも、もし春の内だけ鳴く鳥だったなら、どんなにか魅力的だろうに)と言われている。

それにしても、「いかで人よりさきに聞かんとまたれて」という清少納言の言葉は、ほととぎすの声の鑑賞の仕方をずばり述べている。夏が来たら人々はほととぎすを待ち焦がれ、他人に先んじて初音を聞いたぞ、と自慢することが大事なのである。もっと時代が下がると、実際の鳴き方とは乖離して、ほととぎすの鑑賞マニュアルの型が固定化してしまう。室町時代末の連歌師紹巴は、ほととぎすの詠み方について次のように述べた。

4 『連歌至宝抄』

時鳥はかしましき程鳴き候へども、希《まれ》にきゝ、珍しく鳴《なき》、待《まち》かぬるやうに詠みならはし候。

（ほととぎすは、たとえやかましいぐらい鳴いておりましても、まれに聞き、珍しく鳴き、待ちかねているかのように詠みならわしております。）

江戸時代の俳諧でも、待ち兼ねて聴くものというほととぎすの本意は継承される。

5 宗因の発句

やくわんやも心してきけほとゝぎす　（『宗因千句』）

（「やくわんや」は薬鑵屋。やかましい薬鑵屋も、ほととぎすが鳴くときには、薬鑵を叩く仕事の手を休め、心して聞くがよい。）

この発句は、『西翁道之記』という別の資料には、「音に聞へたる薬鑵町の辺にて、山時鳥唯《やまほととぎすただ》一声、名乗《なのり》もあへず三百余、たゝき立たる響《ひびき》におそはれ、いつはてぬらんともしらず」（とてもうるさい物と噂に聞いた薬鑵町のあたりで、山時鳥が唯一声鳴いた。その山時鳥の名乗もかき消さんばかりに三百余の薬鑵を叩きたてる音の響きにおそわれ、それはいつ終わるとも知れなかった）云々と、成立事情を述べた前書が付いている。つまり、宗因はほととぎすの声を期待して待っていた。やっと鳴いたと思ったら、やかましい薬鑵屋が大挙して仕事を始め、ほととぎすの声をかき消してしまった。「やい、心してほととぎすを聞けよ」と、薬鑵屋に無理な注意を促したところが滑稽である。

芭蕉

芭蕉もまたほととぎすという鳥がお気に入りであった。題別に編纂されている芭蕉句集、雲英末雄氏・佐藤勝明氏訳注『芭蕉全句集』（角川ソフィア文庫、二〇一〇）を見ると、全部で九百八十三句収録されている中に、ほととぎすの題のもとに挙げられている句が二十六句もある。それらの句から言えるのは、多くが和漢の古典文学の伝統を背景に踏まえて詠まれているということである。芭蕉以前の古典文学の中にほととぎすを詠む伝統がぶあつく蓄積されていて、芭蕉はその伝統に共鳴する姿勢を示しながらほととぎすを詠んでいる。

そのことが顕著な芭蕉発句を三句、取り上げてみよう。

6　芭蕉の発句

京にても京なつかしやほと丶ぎす

（元禄三年〈一六九〇〉六月二十日付、金沢の小春宛書簡より）

荷兮編で元禄六年（一六九三）刊の『曠野後集』にはこの句に「旅寓」という前書があり、実際には、芭蕉が元禄三年に大津付近に滞在しながら短期間京都へ出かけた折の句と見られる(1)。当時の文学表現の前提としては、都から外へ出ることが「旅」であり、旅人は必ず都を恋しく懐かしく思うものと決まっていた。俳諧の記事を引けば、たとえば許六編『宇陀法師』（元禄十五年〈一七〇二〉刊）には、

旅躰の句はたとひ田舎にてする共、心を都になして相坂をこえ、淀の川舟に乗る心持、都への便《たより》もとむる心など本意とすべしとは、連歌のをしへなり。

（旅の句は、たとえ田舎で詠んでいるとしても、心の内では都にいるようなつもりで、都を旅立って逢坂の関を越え、淀の川舟に乗るという心の持ちようをし、都へ送る手紙のつてを求める心などを本意としなければならないとは、連歌の教えるところである。）

とある。「連歌のをしへ」と言っているが、許六は俳諧でもこの本意を守れという立場である。そしてほとゝぎすは、たとえば『後撰和歌集』(2)巻四・夏の、よみ人しらず、

ほと丶ぎす　来ては旅とや　鳴渡《なきわたる》　我は別《わかれ》の　惜しき宮こを

という歌のように、自らも旅して、旅人の心に都恋しさを催させる鳥である。6の芭蕉句は、つまり、「京に来ているのに、あれ、おかしいな、京を懐かしく感じているよ。ほととぎすが鳴いたりしたから」ということである。旅の本意と、現実に京の「旅寓」にあることとの矛盾を、ほととぎすの本意と組み合わせて、図式的にいぶかしがってみせた句なのである。

7　芭蕉の発句

ほと丶ぎす宿かる比《ころ》の藤の花

（元禄元年〈一六八八〉四月二十五日、惣七宛書簡）

これは、『古今和歌集』巻三・夏歌、よみ人しらず、

注

（1）『曠野後集』では「京に居て京なつかしや時鳥」と句形に異同がある。

（2）『古今和歌集』につぐ二番目の勅撰和歌集。天暦五年（九五一）、村上天皇の勅命で、藤原伊尹が別当に、清原元輔、源《みなもとのしたごう》　順　ら梨壺の五人が撰者となった。

けさ来鳴き　いまだ旅なる　郭公　花たちばなに　宿はから南《なむ》

（今朝初めて声を聴かせてくれた、まだ旅の途中のほととぎすよ。今を盛りと咲いている花橘に、宿を借りるとよいぞ。）

を本歌としている。芭蕉は元禄元年の四月、伊賀から大和・大坂・須磨・明石を遊覧し、京に至る旅をした。惣七宛書簡によれば、7の発句は、「丹波市、やぎ（八木）と云ふ処、耳なし山の東」で「おぼつかなきたそがれに哀なるむまや（駅）に至る」折に詠まれたものである。芭蕉はほととぎすを旅する仲間と見ている。そして、「ほととぎすは花橘を宿とする。同じ夕べ、私は藤の花を宿としよう」とおどけてみせたのである。

なお、7は『猿蓑』には「草臥《くたびれ》て宿かる比や藤の花」という句形で収録された。ほととぎすと藤の花という二つの季題が重なるのを嫌い、藤の花の力なくぶらりと下がる様子を「草臥て」で連想させるように工夫しつつ、題として藤の花のほうを選んだのであろう。

8　**芭蕉の発句**

ほとゝぎす啼《なく》や五尺《ごしやく》の菖草《あやめぐさ》　**芭蕉**　（『葛の松原』）

これは1の歌「ほととぎす鳴くやさ月のあやめ草あやめも知らぬ恋もする哉」の上の句を、一語だけ替えたパロディーの句である。「五月《さつき》」を「五尺」としたのは、発句の詠み方を説く諺と言うべき別のネタを利用したのである。それは、『連歌至宝抄』に見える、良い連歌の姿を説いた次の言葉。

古の人の申されしも、五尺の菖蒲に水をかくるが如く、ぬれ〳〵と爽かに仕立べきよしに候

つまり、すらりと長くて水をはじく菖蒲の葉に水を掛けたように、水気があってしかも爽やかな句が良いという。この言葉は、もっとずっと古く『後鳥羽院御口伝』に俊恵法師の語として記録された和歌の心得に源があり、連歌論書にも繰り返し利用されてきた譬喩であった。

要するに、芭蕉は、ほととぎすの鳴く声を「五尺のあやめ」の喩えをもって称賛しようとしたと考えられる。つまり、「あっ。いま、ほととぎすが一声鳴いた。あたかも『五尺のあやめに水をかくるがごとく』詠まれた発句のように。おみごと！」と。

コラム「聞きなしについて」（S）

猫はにゃあにゃあ、犬はわんわんと鳴く。子供の頃にはそれは鉄板のように硬い事実だった。ところが英語を学び始めて、必ずしもそうではないことに気付く。猫はmew mewと鳴き、犬はbowwowと鳴く。だが、実のところ、犬も猫も人間の言語感覚とは全く異なる音声で鳴いている。それを強いて人間の言語で再現しようとしているのであって、言語が違えば再現のあり方も違うのは当然だ。鳥獣や虫の鳴き声を人間の言葉で再現した言葉を「写声語」と言う。そして、その「写声語」に、人間にとっての意味が付属すると、「聞きなし」になる。

「聞きなし」は、山口仲美氏の『ちんちん千鳥のなく声は日本人が聴いた鳥の声』（大修館書店、一九八九）が具体的に説いたテーマで、同書のヒットによって一般的な認知度が上がったように思われる。ある時テレビを見ていたら、授業形式のバラエティ番組に山口先生が登壇し、タレントの方々を手玉に取っていた。面白い先生である。

さて、鳥の鳴き声は種類が豊富であり、古くからさまざまな「聞きなし」がなされてきた。現代でも生きている身近な例を挙げれば、

・うぐいす「法、法華経」
・からす「阿呆、阿呆」

などというのが「聞きなし」である。本章で取り上げているほととぎすはさまざまに聞きなされて

きた鳥である。山口先生の御本から拾い出してみよう。

・ほととぎす「特許許可局」「てっぺん、かけたか」「本尊、掛けたか」「時過ぎにけり」「ほととぎす」「今朝の朝け鳴く」「平らは千代」「共に千代に」「常磐堅磐《ときはかきは》」「今日は砥《と》ぎそ」

くりかえしほととぎすの声を聞いてきて、これらの「聞きなし」の中でもっとも私の実感に合っているのは、やはり「特許許可局」だ。初夏の頃、多摩丘陵の南に位置する勤務先の大学で授業をしている時、周りの岡でほととぎすが鳴いたら「ほら今ほととぎすが鳴いた」と教えるように心掛けているのだが、「特許許可局」と覚えていれば老鶯の声に紛れたりしない。この「特許許可局」は早口ことばの定番でもあって、最近は「東京特許許可局局長、今日、急遽、休暇許可却下」などと進化している。私は滑舌に自信がなくて「特許許可局」すらあやしいものだ。ついでに脱線すると、このごろの早口ことばで最高難度のものは「きゃりーぱみゅぱみゅ、みぱみゅぱみゅ、合わせてぱみゅぱみゅ、むぱみゅぱみゅ」ではなかろうか。まったく「舌」が立たない。

話を戻して、他の鳥の「聞きなし」で、面白いものを紹介しておく。

・せんだいむしくい「焼酎一杯、グィーッ」
・めじろ「長兵衛、忠兵衛、長忠兵衛」
・このはずく「仏法僧」
・ふくろう「ごろすけ、奉公」

あと、ほととぎすと言えば、三人の武将が三様に発句を詠んだという説話がよく知られている。

織田信長

「鳴かぬなら殺してしまえほととぎす」

豊臣秀吉

「鳴かぬなら鳴かせてみようほととぎす」

徳川家康

「鳴かぬなら鳴くまで待とうほととぎす」

これはもちろん事実ではなく、江戸後期の作者不明の咄ネタだということも、周知のことである。

川柳に、

大将の気性あらはすほととぎす

（『誹風柳多留』五十四篇）

など、このネタを使った作例がある。出典の年代から、文化年間（一八〇四〜一八一八）にはこの説話が一般化していたということが知られる。また、平戸藩主・松浦《まつら》静山の随筆『甲子夜話《かっしやわ》』（文政四年〈一八二一〉起稿）にも記し留められている。

実はこれには続きがある。動物などの鳴き真似芸で人気があった先代の江戸家猫八は、高座で芸のマクラに次のような発句を使っていたそうである。

猫八

「鳴かぬなら自分で鳴こうほととぎす」

9　蕪村の発句

ほとゝぎす平安城を筋違《すぢかひ》に

（『自筆句帳』）

碁盤の目のような京の都を、ほととぎすが一声鳴いて斜めにさっと飛び去っていった。2の歌にあるように、ほととぎすはぐずぐずせずに飛びすぎる。見上げた時にはもう姿はなく、声の余韻が残るのみ。平安城の道筋と、斜めに真っ直ぐなほととぎすの進路、直線どうしの交わりが、声も飛び方もシャープなほととぎすにふさわしい。

蕪村の友人の樗良は、味のある俳画を残したが、中でも十二画三十句を収める巻物（樗良自画賛巻・柿衞文庫蔵）は独特のユーモアに満ちている。ここに描かれるほととぎすは光速で飛んでいるのか、と思うほど。なるほど、姿が見えないわけである。

10　蕪村の発句

鞘走《さやばし》る友切丸やほとゝぎす

（『自筆句帳』）

刀がひとりでにするり鞘から抜け出た。それは名刀「友切丸」。そのとき鋭くほととぎすが鳴いた。何か怪異が起こるのか……。「友切丸」は源氏重代の刀の名で、自分より長い刀に腹を立て、夜な夜な切り合って、長い分だけ切り落としてしまったと伝えられる（『曽我物語』巻八）。刀を切ったから友切、と呼ばれた。ちなみにこの刀、その前には主人をさらおうとした宇治の橋姫（宇治橋の女神）を切って姫切、さらにその前には地震を起こしていた大蛇を切って毒蛇と名付けられていた。すべて「おのれとぬけ出て」切ったというから便利な刀である。蕪村は、友切丸が意志をもって抜き身になろうとした瞬間を想像し、BGMにほととぎすの声を使った。その鋭さがいかにもふさわしい。また、ほととぎすはこの世ならぬ世界に通う鳥という伝説のイメージを利用したのである。「異界の扉が開く時ほととぎすが鳴く」という発想の蕪村発句としては、

時鳥柩《ひつぎ》をつかむ雲間より　（『自筆句帳』）

もある。また、9の発句も、大仰に「平安城」とした点で、不思議な昔物語の出来事がこれから始まるという含みを見るべきなのかもしれない。

11　蕪村の発句

ほとゝぎす待《まつ》や都のそらだのめ　（『自筆句帳』）

「そらだのめ」は、空しい期待。「空」は掛け詞である。古い和歌などでは京の都に住む人々がほととぎすの声を聞いたと歌っている。「私も都の空にほととぎすが鳴き声を響かせるのを待っているのだけれど、それはなかなか実現せずに、空しい期待で終わるのがつねだ」。待って待って待って待ち続ける、というほととぎすの伝統的な詠み方に忠実ながら、「そらだのめ」がほのかなおかしみを誘う。この句を知人に送った蕪村の書簡によれば、「右の句は京の実景、愚老、京住二十有余年、杜鵑を聞こと、纔《わづか》に両度」（右の句は、京都の実景です。私は京都に二十年以上住んでいますが、ほととぎすの声を聞いたのは、わずかに二回だけです）だそうである。江戸時代でも、都会となればほととぎすの声を聞くのは稀だったのだろうか。

なお、この句には「長安はもとこれ名利《みょうり》の地、空手《くうしゅ》金《こがね》なくんば行路《こうろ》難《かた》し」（唐の都長安は、もともと名声や利益第一の土地だ、無一物でお金がなければ、生きていくこともままならぬ）という白居易の漢詩句を前書きにする短冊などが伝わっている。長安同様に繁栄する京の都にあって、空を眺めながら空しい期待をする「空手」の人物には、「名利」は追求できそうもない。ほととぎすとはまったく関係のない、むしろ風雅とは正反対の「名利」という話題を使って、がっかり感を強調したところがミソである。

そしてまた、この句に恋の心情を読み取ることもできるだろう。待てども来ない恋人をほととぎすに喩えているよう蕪村は意図的に表現している。それはほととぎすの本意の一端であり、余情として句にふくらみを与えている。そのように読む場合、「都」は王朝時代の都で、「待《まつ》」のは高貴なお姫様やその周りの女房であろう。

12　蕪村の発句

歌なくてきぬ〴〵つらし時鳥

（『蕪村句集』）

これは、11よりももっと、恋に結びつくほととぎすの本意を中心にすえて、自在な想像をめぐらした句である。「きぬ〴〵」とは、夜をともに過ごした恋人たちが朝を迎えて別れること。王朝時代の恋の作法としては、女性の許から帰った男性は、すぐに歌を贈ってよこすものだった。この句では、女は待っているのに、歌が届かない。「私は飽きられたのかしら」などと気がかりになって、つらい思いで過ごしている。そんな時、鋭い声でほととぎすが鳴いた……。現代なら、デートの後にメールも、ラインもよこさないというところ。むしろ通信手段が多様・確実になって言い訳がきかない分、今の方が無視されているというつらさは強いのかも知れない。

レポートのために

課題①山口仲美氏著『ちんちん千鳥のなく声は 日本人が聴いた鳥の声』を参考に、「聞きなし」について知識を深めよう。

課題②春は鶯、夏はほととぎすが代表的な鳥。秋・冬についても調べてみよう。また、それぞれの季節を代表する植物は何だろうか。

課題③芭蕉、蕪村のほととぎすの発句をもっと探して、古典和歌との関係を考えてみよう。

九　若葉

五行説（「五　行く春・暮春」のコラム参照）において、夏の色は「赤（朱）」とされたが、野山の景色を眺めれば、実感として夏は「緑」の印象が強い。桜を始めとする春の花々が散ってしまうと、木々の緑は濃さを増していく。

なお、単に「若葉」といっただけでは夏の樹木のそれを指し、「草の若葉」ならば春の季語となる。「若草」「若菜」なども春のことばで、和歌ではしばしば残雪と取り合わされる。ついでに木の葉の季節について整理しておくと、春は「木の芽」、秋は「紅葉」、冬は「落葉」「枯葉」「朽葉」など。面白いことに「木の葉」だけで木の葉が散ることを表し、冬の季語になる。ただし、桐や柳が散り始めることをいう「桐一葉」「柳散る」などは秋で、木々の葉の散る現象は、秋か冬か分けきれない部分もあるようだ。

「若葉」に近いイメージのある「青葉」は、今では夏の季語だが、芭蕉のころは季語とは認められていなかった。王安石(1)の「万緑《ばんりょく》叢中紅一点」（「詠石榴詩」）という詩句を典拠とする「万緑」も、季語となったのは近代以降である。ちなみにこの詩句は成語「紅一点」の典拠でもある。

万緑《ばんりよく》の中や吾子《あこ》の歯生え初《そ》むる

と、中村草田男(2)が一九四〇年に俳句に詠んで以降ひろまった。「若葉」と同じように初夏の木々を指す言葉は「新樹」や「新緑」で、和歌題としては「新樹」が一般的である。ただし、題に用いられるようになったのは中世に入ってからで、『六百番歌合』のころと言われている。

1　『六百番歌合』夏四番・左・藤原定家

影ひたす　水さへ色ぞ　みどりなる　よもの木ずゑの　おなじ若葉に

（四方の木々の梢がみな若葉なので、その影を浸している水の色さえも緑色だ。）

鮮やかな木々の若葉が水面に映り、水の色まで新緑の色だという。まるで東山魁夷の『緑響く』の世界だが、詠まれたのは林だろうか、山だろうか。定家の歌は、白居易が春の昆明池に映じた南山を詠んだ漢詩の一節「影、南山を浸す」（『白氏文集』三・昆明春）に基づいている。定家も、山の緑が池に映じたさまを詠んでいよう。「影ひたす」とは「緑滴る」という言葉にも似た美しい表現だが、歌合では不評で定家の歌は負けてしまった。勝ったのは、

おしなべて　緑に見ゆる　音羽山《をとはやま》　いづれか花の　こずゑなりけむ

（音羽山は一様に緑に見える。いったいどこが花の梢だったのだろう。）

注

（1）中国、北宋の政治家、文学者。字は介甫《かいほ》。唐宋八家の一人。一〇二一～一〇八六。

（2）俳人。高浜虚子に師事。人間探求派の代表的俳人。掲出句に因んだ俳誌『万緑』を創刊、主宰。明治三十四～昭和五十八年（一九〇一～一九八三）。

という藤原家房の歌。花の山が緑に変わってしまった季節の移り変わりに注目したものだが、『六百番歌合』には、定家の歌のように夏の若葉を正面から取り上げた歌よりも、家房のように別の季節と比較して詠んだ歌が多い。

江戸時代中期の歌人有賀長伯(1)が書いた和歌の入門書『初学和歌式』には、次のようにある。

2 『初学和歌式』新樹

夏の始の題也。新樹とは、夏くれば木々の青葉に成行《なりゆく》心也（中略）きのふまでかすみし山も、けさよりは緑の色にはれて、若葉そひ行《ゆく》景色のさはやかなるよしをいひ、大空もおなじみどりの色そふとも、或《あるひ》は庭のこずゑ陰しげりぬれば、庭の面もくらくなり、窓の日影もうとく、月の影ももりこぬ心など、皆新樹の景気也。

（「新樹」は夏の初めの頃の題である。「新樹」とは、夏が来れば、木々が青葉になってゆくことをいう。（中略）昨日まで春霞にぼんやりしていた山も、夏となった今日からは緑の色に晴れわたり、若葉が増していく景色のさわやかなことを詠み、大空も若葉と同じみどりの色が増すとも詠む。或いは庭の梢が茂って木蔭で庭が暗くなり、窓から日の光も入らず、月の光も漏れない心など、みな「新樹」のありさまである。）

長伯は、若葉の木々を「さはやか」ととらえ、家房の歌のような春との取り合わせの他、空に伸び太陽や月の光をさえぎる、樹木の茂る勢いそのものを詠むように説いている。

3　才麿《さいまろ》(2)の発句

しら雲を吹尽《ふきつく》したる新樹かな　才麿　(『難波の枝折』)

(空にかかる白い雲を吹き払い尽くして、青空の下、新樹が天に向かって若葉を揺らしている。)

白雲を吹き払ったのは初夏の風だが、あたかも樹木が雲を払ったかのように詠むことで、若い木々の勢い盛んなさまを表現している。白雲、青空、風に揺れる緑の木々。初夏のさわやかな景色が目に浮かぶようだ。

才麿は、大和国(奈良県)の俳人。二十歳代で江戸に下り、芭蕉とも親交があった。のち、大坂

注

(1)　歌人、歌学者。二条派の歌風の普及に努め、『初学和歌式』『浜の真砂』などの入門書を著した。寛文元～元文二年(一六六一～一七三七)。

(2)　椎本氏。はじめ西武門、のち西鶴門。大坂で談林俳諧を学び、江戸へ下って延宝期の其角や芭蕉と親しく交わった。明暦二年～元文三年(一六五六～一七三八)。

へ移って、元禄から享保時代の俳壇に一大勢力を築いた。その親友の来山(1)にも、

さし出づる朝日の友やわか楓《かえで》　来山（『続今宮草』）

の句がある。楓の若葉が朝日を浴びてきらきらと輝くのを「朝日の友」と表現した。若葉は木の種類によって微妙に色も異なる。『徒然草』の百三十九段には、好ましい木を挙げる中、「卯月ばかりの若楓は、すべてよろづの花紅葉にも勝りて、めでたき物也」という。楓は紅葉をめでるものでもあるが、四月ころの青葉の若楓は、若葉の中でもとりわけ賞された。

芭蕉

4　『笈の小文』

招提寺《せうだいじ》鑑真和尚《がんじんわじやう》来朝の時、船中七十余度の難をしのぎたまひ、御目のうち塩風吹入て、終《つひ》に御目盲《しひ》させ給ふ尊像を拝して

若葉して御《おん》めの雫ぬぐはゞや

（唐招提寺の鑑真和尚が来朝した時、船の中で七十余度の苦難をしのぎなさって、御目のうちには塩風が吹入って、ついに御目が見えなくなってしまわれたという。そのお姿を摸した尊像を拝して／夏のみずみずしい若葉

を使って、痛んだ鑑真和尚の御目の雫をぬぐってさしあげたい。）

貞享五年（一六八八）芭蕉四十五歳の夏の発句。いまも、唐招提寺の開山堂に、鑑真の乾漆《かんしつ》像が安置されている。芭蕉が敬虔な思いのうちに尊像を拝して、この発句を詠んだことは確かだろう。だが、近年、この句の解釈について山田あい氏の斬新な指摘があった（『会報　大阪俳文学研究会』

「鑑真和上像」

四十一号、二〇〇七年十月）。山田氏によれば、季吟の俳諧作法書『山之井』の「新樹」の項に「真珠にとりなして見る目のくすりともいへり（中略）夏山は目のくすり成しんじゆ哉」という記事がある。

これによれば、目の薬とされていた「真珠（シンジュ）」を「新樹（シンジュ）」に掛けて詠むことがあったということがわかる。「夏山」の句はこの趣向を使っている。ここでの夏山の青々と茂った新緑と目の関係は、完全な言葉遊びである。

注

（1）小西氏。宗因門。清新な作風で、元禄期の大坂俳壇を代表する俳諧師。俳文に優れ、雑俳点者としても活躍した。承応三～享保元年（一六五四～一七一六）。

と述べる。そして、当時、真珠の粉末が眼病の薬として用いられていたことを考証している。山田氏の、4の句についての解釈のまとめは次の通り。

鑑真和上の像を前にして、和上の来日までの苦難の数々を思った。その苦難のすさまじさを示すように、失明した両目はぴったりと閉じられている。ようやく念願叶って来日したときには、既に失明していたのだから、この日本の地も新緑も見ることができなかった。なんとかして、失明した目を治してさしあげたい。和上が命を懸けてまで熱望した日本の地を見せてあげたい。古俳諧以来「新樹は目の薬」だという。だから、この若葉で、その目を癒せたならば。

納得のいく解釈である。つまり、「目の薬—真珠—新樹—若葉」という連想関係を「しんじゅ（真珠—新樹）」の部分を抜いて利用しているのだが、これは当時の俳諧に慣れた人ならすぐ気付くであろう語のつながりだったはずである。ちょっと考えさせて「あ、そうか」と解かせて笑わせるのがこの発句の狙いだったといえるだろう。

このように、たとえば「鑑真和尚への崇敬の念」といったような真面目な解釈のみにとどまっていた句にも、実はことば遊びの要素が盛り込まれていて、三百年余りの時を経て現代の我々にはその面白さがぱっとはわからなくなっている、という場合は少なくないだろう。これからも、芭蕉のことば遊びの面白さがもっと発掘されることを期待したい。

ところで、「若葉」には、芭蕉の発句ならばもう一句、

5　芭蕉の発句

あらたうと青葉若葉の日の光

（『おくのほそ道』）

の例がある。この句は日光を参拝して「尊いことだ。青葉若葉に日の光が輝いている」と詠んだもの。古くからの霊地である「日光」の地名を詠み込んでその神威を称えているのである。

実は5は、曽良の俳諧書留によれば初案「あなたふと木の下暗《やみ》も日の光」であった。「暗」は「闇」に同じで、芭蕉は当初、「青葉若葉」ではなく「木《こ》の下闇」を使っていたのである。両者の違いは何だろう。「若葉」は、古歌の例こそあるが著名歌をすぐに想起させる語ではない。つまり、あまり文学伝統の重層性がない。だが、一方の「木の下闇」には、

五月山《さつきやま》　木の下闇に　ともす火は　鹿の立ちどの　しるべなりけり

（『拾遺和歌集』巻二・夏、貫之）

のような勅撰集歌がある。また、「木の下露《こ》」や「木の下陰《こ》」といったバリエーションにも、それぞれに著名歌がある。つまりは「木の下《こ》」が、いわば古典の痕跡をたくさん背負っている語なのである。ということは、芭蕉は、『おくのほそ道』の日光の条を書くに際して日光という地への讃仰

に焦点をしぼろうとして、「木の下闇」にまつわる古典の表現世界へ連想が広がることを避けたのだと思われる。

そのような意味において、季語としての「若葉」にはあまり手垢が付いていなかった。それゆえにだろう、蕉門の俳人たちの「若葉」句には、典拠と言えるような背景を持たず、見たまま感じたままを感覚的に言い留めた、「写生」ふうの作が見受けられる。たとえば、荷兮撰[1]、元禄三年(一六九〇)刊の『あら野』[2]巻之三(夏)には「若葉」を詠み込んだ発句が六句並んでいるが、次のような句々である。

6 『あら野』より「若葉」の発句

柿の木のいたり過《すぎ》たる若葉哉　越人
切かぶのわか葉を見れば桜哉　岐阜　不交
若葉からすぐにながめの冬木哉　同　藤蘿
わけもなくその木〳〵の若葉哉　亀洞
ひら〳〵とわか葉にとまる胡蝶《こてふ》哉　竹洞
ゆあびして若葉見に行夕《ゆくゆふべ》かな　鈍可

越人句は柿の若葉はあまりに立派だということ。不交句は、切り株では何の木か分からないが横からちょっと出た若葉によって桜と分かったと言っている。藤蘿句は、若葉の季節から冬まで眺めが変わらない木もあるということ。亀洞句は、木々にはそれぞれに若葉の形があり、その理由なんか説明できないということ。竹洞句は、蝶が若葉にひらひらととまった、ただそれだけ。鈍可句は、夕方、湯浴みのあとに若葉を見に行くと詠んで、初夏のすがすがしさをよく表現している。元禄の頃の俳諧の発句が、それ以前の古典から切り離され、個人個人の現実的感性を盛る器になって行く流れが、「若葉」という季語を通して見てとれるように感じられる。

なお、竹洞は、林羅山門下の儒者、人見友元。(3) そのような一流の知識人が蕉門の俳諧に関わったということにも注意が必要だが、とても単純で率直な彼の発句が撰ばれているという点でも、俳諧

注

(1) 尾張国名古屋の俳人。山本氏。貞享元年（一六八四）、『野ざらし紀行』の途次にあった芭蕉を迎え、五歌仙を『冬の日』として刊行、ついで『はるの日』『あら野』を出版した。慶安元〜享保元年（一六四八〜一七一六）。

(2) 芭蕉七部集の三番目。貞門、談林俳人の句も多く入集する。

(3) 江戸前期の儒学者、漢詩人。幕儒として、朝鮮通信使の応接や、武家諸法度（天和令）成稿などに携わった。寛永元〜元禄九年（一六二八〜一六九六）。

史的な意味で非常に興味深い。

蕪村

7　蕪村の発句

不二《ふじ》ひとつうづみのこして若葉哉　（『自筆句帳』）

山も平野も、地上はすべて若葉に覆い尽くされる。その旺盛な木々の生命力をもってしても富士山は征服できず、独り高くそびえ立っている。和歌・俳諧において、富士山の威容はさまざまに表現されてきたけれど、その抜きんでた高さをこれほどすっきりと表したものは稀だろう。頂きに残る雪の白さと若葉の緑、山の静謐さと若葉のエネルギー、という対比がわかりやすく、単純ながら壮大な句となっている。

この句には蕪村の自画賛が残り、富士の絵に、

東海万公句
青天八朶玉芙蓉

東成蕪邨句

不二ひとつうづみのこして若葉哉

と記されている。「東海万公」の漢詩句「青天八朶玉芙蓉」、「東成蕪邨《ぶそん》」の発句「不二ひとつ……」と、二人の人物の富士山詠を並べたものだ。「東海万公」は、江戸の東禅寺の僧、万庵原資のことで、漢詩が得意だった。「八朶玉芙蓉」とは、富士山の美しい形を八枚の花弁より成る蓮の花にたとえたもので、漢詩でよく使われる表現である。「東成蕪邨」はもちろん蕪村のこと。「東成」は画を描く時に蕪村が良く用いた号、「邨」は「村」の異体字だが、「東海万公」とかっこよくセットになるようわざわざこんな名乗りをしたのだろう。私だって万庵さんに負けてませんよ、と競ってみせたのだ。両句併せて、青空の下、裾野に若葉輝く初夏の富士の美しい姿が浮かび上がる。

なお、3の才麿の句でもそうだが、若葉を白い色のものと取り合わせることによって、視覚的なさわやかさを表現することができる。蕪村の句では、

絶頂の城たのもしき若葉哉　（『自筆句帳』）

もその例。山の頂上にそびえるのは、やはり白い城であろう。もちろんこの句でも若葉の生命力が存分に活かされており、山を埋め城に迫る若葉の勢いと、そして「絶頂」という漢語の強い響きが、城の「たのもしき」に通じ合っている。

8　蕪村の発句

窓の燈《ひ》の梢にのぼる若葉哉

（『自筆句帳』）

5の芭蕉の句にも影響されたか、蕪村は若葉の輝きをとらえようと苦心した。たとえば、

金の間の人物云《ものい》はぬ若葉哉

（『自筆句帳』）

の句はまさに「光」がテーマといってよい。「金の間」は金の襖や屏風をめぐらしたキンキラキンの豪勢な部屋で、主は大名や豪商だろう。そこから見える庭では、「金の間」に張り合うがごとく日の光に若葉がきらめいており、人は圧倒されて物も言えないという。「金の間」という意外な題材を使い、比較によって若葉の輝きを強調した句だが、あまりにも光が氾濫しすぎて、現代的な感覚からはややうるさくも思われる。

それに対し、8の句は、もう一ひねりして、夜の若葉を詠んでいる。一度は闇に沈んだ若葉が、家に灯がともると、窓からの光を受け、昼間とは違った輝きを見せる。窓の光を反射しているだけだから、一つの木がまるまる輝くわけではない。茂みの中の一部がきらめき、あとは闇の中である。それはあたかも窓の灯が樹上にも灯ったようだというのだ。昼の光に輝く若葉を詠んだ句はたくさんあるが、夜の光に着目したものは珍しい。また、同じ夜の若葉でも、

たかどの、灯影《ほかげ》にしづむ若葉哉　（『新五子稿』）

は、高楼の灯に対して、若葉が黒々と闇に沈むさまを詠んだ。輝くことを賞されてきた若葉を輝かせない意表を突いた作品となっている。

若葉のかがやき（笛吹市鶯宿にて）

コラム「俳画」（N）

絵に書き付けられた詩歌を賛という。絵そのもののわかりやすさと比べ、漢詩を読むには素養が必要であるし、昔の和歌や俳諧はくずし字で書かれて読みにくい。したがって、現代の鑑賞者には無視されがちだ。特に絵が主体の展覧会では、賛の解説どころか何と書いてあるのか翻字《ほんじ》（今の字に直すこと）していないこともある。しかし、画面に共存しているのだから、本来はいっしょに鑑賞するものだろう。

蕪村の絵はどうかというと、句と略画がセットになった俳画については、早くから高い評価を受けてきた。画人であり俳人である蕪村の業が結集したものなのだから、当然のことだろう。ただし、「俳画」は必ずしも句を伴うものではなく、俳趣を表した草画（略画）そのものを指す場合もある。では、俳趣って何？　といわれるとちょっと困る。『俳文学大辞典』（角川書店、一九九五年）によっても、「簡潔で暗示的であることのほかに、貴族的優美に対する庶民的通俗美、正統性に反逆する機知的滑稽味、俗塵を超脱した飄逸《ひょういつ》味、豊満華麗に対する枯淡味など」と抽象的で、定義づけが難しい。「俳画」という名称も、嘉永二年（一八四九）ころに渡辺《わたなべ》崋山《かざん》[1]から始まった、というからそう古いものではないが、昔から、俳人が手すさびに絵を描くことがあって、その素人臭さが愛されてきた。初期の俳画としては立圃《りゅうほ》[2]の作

品が有名である。芭蕉もいくつか俳画を残しているが、俳画という分野を完成させたのは蕪村といってよいだろう。蕪村自身も相当な自信を持っていて、弟子の几董(3)宛の手紙に、

はいかい物之草画《もののさうぐわ》、凡海内《およそかいだい》に並ぶ者覚《おぼえ》無之候。下値《げぢき》に御ひさぎ被下《くだされ》候儀は御用捨可被下《くださるべく》候。

（安永五年（一七七六）八月十一日付書簡）

（俳諧ものの略画においては、この世界に私に並ぶものはおりません。安値でお売り下さることは、止めてください。）

と威張っている。「草画」とは略筆で描く絵のことで、「はいかい物之草画」とは、すなわち俳画のこと。冗談めかして書いているが、結構本気なのだと思う。

ひとつ、例を挙げよう。版本の挿絵なのだが、まるまる一頁に大きな檜木《ひのき》笠を描き、その表面に、

注

（1）江戸後期の武士、画家。三河国田原藩に仕えた。洋風画法の研究から洋学研究へと関心を深め、シーボルト門下の高野長英らと交わり、尚歯会に参加、蛮社の獄によって入牢を命ぜられ、蟄居中に自刃した。寛政五～天保十二年（一七九三～一八四一）。

（2）野々口氏。京都で雛人形店を営んだことから、雛屋とも呼ばれる。早くから猪苗代兼与に連歌を学び、のち貞徳・重頼に親炙し俳諧に遊んだ。俳画を得意として「休息歌仙」などの名作を残している。文禄四～寛文九年（一五九五～一六六九）。

（3）蕪村の門人。高井氏。父几圭は蕪村と同じ巴人門。巴人の号の夜半亭は、蕪村が二世、几董が三世を継いだ。『其雪影』『あけ烏』などを刊行し、中興俳壇の活性化に寄与した。寛保元～寛政元年（一七四一～一七八九）。

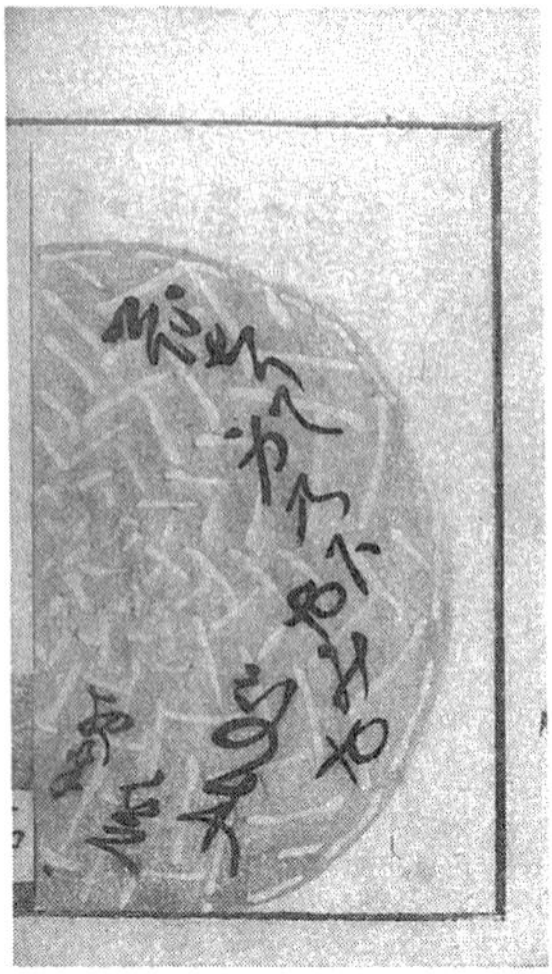

蕪村の挿絵『花鳥篇』より
天理大学附属天理図書館所蔵

花ちりて身の下やみやひの木笠

という句を書いた作品がある。これには長い前書が付いていて、芭蕉と杜国が『笈の小文』の旅で自分たちの檜木笠に、

よし野にて桜見せふぞ檜の木笠
よし野にて我も見せふぞ檜の木笠

の句をそれぞれ書き付けたことを踏まえている。花の名所吉野で、笠にも存分花見をさせてやるぞ、とはずむように呼びかけたのが芭蕉たちの句だ。

蕪村もそれに倣って笠に句を記したわけだが、忙しさに取り紛れて花見に行けなかった。桜を満喫した芭蕉や杜国と比べ、俗世の用事にとらわれた自分の無風流が愚かに思われ、「人に相見《あひまみえ》んおもてもあらぬこゝ地す」（恥ずかしくて人にあわせる顔もない気持ちだ）と述べている。蕪村句の意味は、花はすっかり散ってしまった。花見に間に合わなかった私は、葉桜となった桜の木の下闇ならぬ笠の下、いわば身の下闇に隠れて悲しい思いに沈んでいる、となる。「身の下闇」とは、蕪村の造語で、茂った木の下を言う歌語「木の下闇」をもじったもの。仮にも俳人、何を置いても花見の風流に徹しなければならないのにこのていたらく、情けないったら。笠は「旅人」の表象というべきアイテムであった（「七　五月雨」のコラム「芭蕉の笠」参照）。その笠にこんな情けない句を書き付けたところがおかしみである。挿絵に大きな笠だけを描くのは、まさに恥ずかしくて、穴があったら入りたい、笠があったら隠れてしまいたい、という「人に相見んおもてもあらぬこゝ地」を描いたものなのである。笠の後ろには「反省」している蕪村が隠れていることになる。画と句と併せて、芭蕉の風流とは反対になってしまったユーモアを見事に表現しているのだ。それまでの俳画は、単純に句に詠まれている事物――たとえば、山吹の句なら山吹の花、蛙の句なら蛙そのもの――を描いてみせるものがほとんどだった。それに対し、蕪村は画と句のコラボによって、より重層的な世界を描いている。絵は略筆だが、方法はまさにプロのワザ。「海内に並ぶ者覚無之候」と大きく出たのもむべなるかな。

一方、同じ蕪村でも真面目な絵画作品については、賛のほとんどが漢詩、しかも作者が蕪村ではなく古人の漢詩が多いせいか、研究史上、あまり絵と結びつけて鑑賞されていない。画と句のコラボという蕪村の俳画の描き方は、ごく普通に賛を使う東洋画の手法を応用したものと思われるが、本家の作品解明が進んでいないのは残念なことである。しかし、最近になってようやく早稲田大学の池澤一郎氏とその門下によって、こちらの分野についても研究が進み始めた（池澤一郎『雅俗往還　―近世文人の詩と絵画―』（若草書房、二〇一二年）他）。画と賛とその両者による作品世界の解説がついた蕪村画集……欲しいなあ。楽しいだろうなあ。出版社は売れないと本にしてくれない。私にできることは、蕪村の面白さを宣伝して、「欲しい！」と思う人を増やすことだけである。どうぞ皆さん、よろしくお願いいたします。

レポートのために

課題①和歌や日本人の漢詩で、「富士山」はどのように表現されているだろうか。「富士山」の本意についても調べてみよう。

課題②歳時記などを参照して、「若葉」や、関連する季語が、芭蕉の時代から現代までにどのように使われているかを整理してみよう。

課題③俳画について、どのようなものがあるか調べ、句と絵がどう関わっているかを考えてみよう。

十　短夜

春から夏にかけて、次第に夜の時間は短くなる。東京の夏至の頃の日の出・日の入りの時間は、それぞれ午前四時半ころと午後七時ころで、昼：夜の割合は、おおよそ六：四。冬至の日にはこの割合が逆になる。

昼・夜の長さ・短さを言う季題には、ざっと次の四種がある。

長き日　＝春
短夜　＝夏
夜長　＝秋
日短《ひみじか》　＝冬

「短夜」と「日短」は実際の昼夜の短さに即しているからよくわかる。「長き日」が春なのは、春、日を追うごとに昼間の時間が伸びてゆく感覚に興趣が認められてきたからであろう。「このごろずいぶん日が長くなってきましたね」のほうが、「このごろずっと日の暮れが遅くて暑くてかないません」よりも、趣きがあるというものだ。「夜長」は「長き日」のちょうど裏返しである。そのあたりの季語の使い分けと質の違いに気をつけたい。

1　紹巴『連歌至宝抄』
夏の夜は短き事を旨として、或《あるひ》は暮《くれ》ば明《あく》るともいひ、或はまだ宵《よひ》ながら明るなど詠み

申《もう》し候。

（夏の夜は短いことをその趣旨とし、或いは暮れたと思えばもう夜が明けたといい、或いはまだ宵だというのに明けてしまった、などと詠み申しております。）

「宵」とは、日暮から夜中までの時間帯をいう。1に端的に示されるように、夏の夜の本意のひとつは、暗くなったと思ったら、すぐに明けてしまう短さにある。夏の夜の短さを詠んだ歌を『古今和歌集』から挙げよう。

2

『古今和歌集』巻三・夏・紀貫之

夏の夜の　ふすかとすれば　ほとゝぎす　なくひとこゑに　明くるしのゝめ

（夏の夜、横になるかならないかのうちに、ほととぎすが一声鳴き、もうそのまま明けてしまった。）

3

『古今和歌集』巻三・夏・清原深養父《ふかやぶ》

月の面白かりける夜、あか月方に、よめる

夏の夜は　まだよひながら　あけぬるを　雲のいづこに　月やどる覧《らん》

（月の美しい夜の、暁方に詠んだ歌／夏の夜は、まだ宵なのに明けてしまう。いったい月は雲のどのあたりに宿をとっているのだろう。）

2はほととぎす、3は月を使って、夏の夜の短さを具体的に詠んでいる。「短夜」を詠む場合、このふたつの題材と取り合せることが多い。2では、ほととぎすの声を待ちわび、ついにあきらめて眠ろうとしたその時、鳴いた！　と思ったら、たちまち夜が明けた。人を待たせるほととぎすの本意（「八　ほととぎす」参照）に、短夜の情趣を組み合わせた歌である。3の深養父の歌は、のちに『百人一首』に採られて広く流布した。1に「まだ宵ながら明る」とあるのは、この深養父の歌によるものと思われる。3は、前書と併せて読むと、さらに具体的な場面が想像される。「あか月方」とは夜半過ぎから夜明け近くのまだ暗いころまでをいうが、ここでは夜明けに近い時分を指しているだろう。せっかく美しい月を眺めて楽しんでいるのに、もう夜が明けてしまう、まだ眺め足りない、という作者の思いがうかがわれる。

「短夜」を詠む場合には、短いことに興じるだけでなく、短さを惜しむ思いもこめられがちである。月を惜しむ深養父の歌もそのひとつと考えてよいだろう。そうした残念さがもっともよく表れるテーマが、「夏の夜の恋」だ。逢瀬の時間が短くなるから、当然恋人たちの嘆きの種となる。

4

『新古今和歌集』巻十三・恋三・藤原清正

夏の夜、女の許《もと》にまかりて侍けるに、人しづまるほど、夜いたく更けてあひて侍ければ、よみける

みじか夜の　残りすくなく　ふけゆけば　かねて物うき　あかつきの空

（夏の夜、女の許へと参りますのに、人々が寝静まるころ、夜がたいそう更けてから女に逢いましたので、詠んだ歌／短夜が残り少なく更けてゆくので、もう今から暁の空が物憂く思われる。）

「あかつき」（暁）は男女の別れの時間である。ただでさえ短い夏の夜なのに、ようやく恋人に逢えたのは夜がもうずいぶん更けてから。あっという間に暁となってしまうことを思い、つらくなるというのである。恋の歌は、たとえ相思相愛であっても、幸せいっぱいの状態ではなくて満ち足りない思いを詠むのが普通であるから、夏の夜はうってつけの題材であった。

俳諧で連想関係にある言葉を付合語《つけあい》という。付合語を集めた便利な辞書、梅盛著『俳諧類船集《るいせん》』から、「短夜」の付合語を挙げてみよう。

ほとゝぎす・蚊の声・夏の月・覚《さめ》ぬる夢・帰る鵜舟《うぶね》・わか死《じに》・語《かたり》残す手枕《たまくら》・うき別《わかれ》・ふししげき竹

2・3で使われた「ほと丶ぎす」や「夏の月」、また、「語り残す手枕」「うき別」など4に通じるような未練の残る恋の言葉が挙げられている。和歌で「短夜」を詠む場合の伝統的な題材が、俳諧にも受け継がれているのである。ついでに他の付合語もみてみると、「蚊」や「鵜舟」（後掲8参照）などは夏の題材。「ふししげき竹」（節《ふし》の多い竹）とあるのは、竹などの節《ふし》と節《ふし》の間の部分を「よ」（ややこしいことに、これも漢字では「節」と書く）ということから、節《ふし》が多ければ「よ」が短い、だから「みじかよ」という洒落、「わか死《じに》」も「よ」（世）が短いという意味からで、ともに和歌で常套的に使われる「夜・節《よ》・世」の掛詞を、ユーモアたっぷりにアレンジしている。

俳諧・俳句では、「短夜」は「夜短し」と言い換えて詠まれることも多い。「夏の夜」としても夜の短さが意識される。「夏の月」も、鑑賞できる時間が短くて惜しいという詠まれ方をされるので、「短夜」と関わりが深い。ほかに、内容的にほぼ同じことを言っている季語としては、「明けやすし」がある。ちなみに、二〇〇五年に発表された森見登美彦氏の小説「夜は短し歩けよ乙女」は、京都を舞台にしたユーモア恋愛小説である。タイトルは、吉井勇が作詩した大正期のヒット曲「ゴンドラの唄」の出だし「命短し恋せよ乙女」(1)のもじり。世評高く山本周五郎賞などを受賞した。大学に入ったばかりの主人公が、京都の木屋町を一人で飲み歩くうわばみヒロインを一晩中追いかけたのは、「夜は短し」とある通り、五月の終わりごろのことと設定されている。

芭蕉の頃、「短夜」という夏の季語はすでに一般化していたが、芭蕉の発句では一例しか残っていない。

5　芭蕉の発句

鼓子花《ひるがお》の短夜ねぶる昼間哉　（尚白《しょうはく》筆懐紙）

尚白(2)は近江大津の俳人。5は尚白ら大津の連衆と巻いた、元禄元年（一六八八）六月五日の歌仙の発句である。夏咲くヒルガオは短夜を眠って昼間に咲いているという単純な発想を土台にしている。

注

（1）東京出身の歌人、劇作家、小説家。「明星」「スバル」に耽美的な短歌を発表した。明治三十六〜昭和三十五（一八八六〜一九六〇）。

（2）大津の医師、俳諧師。貞享二年（一六八五）、芭蕉に入門。近江蕉門の中心人物であったが、『猿蓑』以降の芭蕉の新風を理解できず、晩年は疎遠となった。慶安三〜享保七年（一六五〇〜一七二二）。

ることは確かだが、芭蕉の意図が読み取りにくい。「短夜眠るヒルガオは、さすがに昼間眠たげだ」と目の前のヒルガオの花を描写したという説、「ヒルガオは短夜に短く眠るしかないが、私はこちらに客となって昼寝をさせてもらってありがたい」と尚白に対して挨拶をしたという説などがあり、明解を得ていない難句である。

5は「鼓子花《ひるがお》」が中心の句で「短夜」は添えられた季題に過ぎない。類似の季題で、芭蕉が好んで用いたのは、「夏の月」である。

6　芭蕉の発句

夏の月ごゆより出て赤坂や　（『俳諧向之岡』）

延宝四年（一六七六）、芭蕉が東海道を西へ旅した時の発句と推定されている。だとすれば、その時芭蕉三十三歳。まだ、貞門ふうの、言葉の知的操作によって句を作っていた時代である。「ごゆ」は御油、東海道の宿場で今なら愛知県豊川市御油町。「赤坂」は御油の西隣の宿場で、両者の距離は十六町（約一・七キロメートル）と、東海道五十三次のなかではもっとも短い。夏の夜は短い上に、夏の満月は空の低いところを渡ってたちまち没してしまう。すなわち、夏の満月があっけなく沈むことを、「御油を出発して赤坂に着く」距離の短さによって、直喩的に表現した句である。「月は早くも赤坂に宿った」という擬人化のおかしみもあり、夏の月のとろりとした鈍い輝きが「御油」「赤坂」の地名の感触に掬い取られてもいる。

この句を高く評価し、また、有名にしたのは、芥川龍之介(1)であった。すなわち、『芭蕉雑記』の「七　耳」の章で、次のように批評したのである。

これは夏の月を写す為に、「御油」「赤坂」等の地名の与へる色彩の感じを用ひたものである。／この手段は少しも珍らしいとは云はれぬ。寧《むし》ろ多少陳套《ちんとう》の譏《そし》りを招きかねぬ技巧であらう。／しかし耳に与へる効果は如何《いか》にも旅人の心らしい、悠悠とした美しさに溢れてゐる。

芥川はこの句の言葉遊びの技巧を評価する以上に、声に出して歌った時の音楽的な効果を評価している。この評価の本質的な内容は、芥川の音楽体験と結びつけてのさらなる分析が必要な、芥川研究上の一課題である。

もう一つ、芭蕉の「夏の月」の発句を。

注

(1)　東京都出身の小説家。大正五年（一九一六）、「鼻」が夏目漱石に認められ、文壇にデビュー、以後、古典や歴史に題材を取った作品を多数執筆した。新技巧派と称される。昭和二年に睡眠薬を大量に飲んで自殺。死後、親友の菊池寛により新人文学賞である「芥川龍之介賞」が設けられた。明治二十五～昭和二年（一八九二～一九二七）。

7　芭蕉の発句

須磨の浦伝ひしてあかしに泊る、其比《そのころ》卯月の中半《なかば》にや待らん
たこつぼやはかなき夢を夏の月　（真蹟懐紙）

前書から想起される古典は、『源氏物語』であろう。光源氏のように流されて明石にたどりついた人物の、独り寝の夜の寂しさ、うら悲しさがこの句の主題である。

芭蕉は、明石に流浪する光源氏の心情を追体験しようとし、明石に泊まって「はかなき夢」を見た。芭蕉の当時にも、明石では「蛸壺」が名物だった。夜が明ければ壺を引き上げられて獲られてしまう蛸どもの、壺の内にあって見ている「夢」も、「はかなき」ものだ。そして、「夏の月」があっけなく沈むさまが、「はかなき」ことにおいて、人や蛸の「夢」と呼応していると言うのである。

だが、この「蛸壺」の語にはそれ以上に俳諧性の濃い仕掛けが施されている。それは、本家の『源氏物語』には桐壺とか藤壺とか呼ばれる美女が登場するけれど、俳諧をこととする私には、「蛸壺」あたりがお似合いだ、という発想である。芭蕉は、さまよえる貴公子光源氏に我が身を重ねながらも、苦笑混じりに俳諧的謙遜を忘れないのである。

なお、のちに、『笈の小文』や『猿蓑』においては、7の句の前書は「明石夜泊」に改められた。これだとおそらく句のテーマは『平家物語』に描かれた平家滅亡の歴史懐古ということになる。

蕪村

8 蕪村の発句

みじか夜や浪うちぎはの捨篝《すてかがり》（『自筆句帳』）

夏の短い夜が明けるころ、波打ち際に、捨てられた篝火がちろちろと燃え残っている。篝火が燃え尽きないところが夜の短さを表しているが、さて、この篝火は何のためのものだろう。水辺の漁や戦に使ったという解釈もある。しかし、先行する古典からいえば、短夜に水辺で使う篝火ならまず、鵜飼のものと推察される。鵜飼は水鳥の鵜を飼い慣らして鮎などの魚を捕らせる漁法をいい、現代でも長良川などで行われている。昼にも行われたが、特に夏の闇夜に篝火を焚いて行う幻想的な景が好んで詠まれ、俳諧では夏の季語になった。先に挙げた『類船集』にも、「短夜」の付合語に「帰る鵜舟」が挙げられていた。篝火の光と夜の闇の対比や漁の面白さと同時に、魚の命を奪って仏教で禁じる殺生戒を犯していることから、罪の意識が詠まれることも多い。謡曲「鵜飼」はその典型で、禁猟区で鵜飼を行って殺された鵜匠の亡霊がその罪業のため成仏できず、僧に鵜飼の様を語り回向《えこう》を頼むという内容である。芭蕉の、

おもしろうてやがて悲しき鵜舟哉　（『あら野』）

も、謡曲の「鵜飼」をもとに作られた。漁に興じたものの、終わってみれば、盛り上がった分、宴が終わってしまった後の寂しさや、殺生を楽しんだ罪の意識に悲哀の念を抱くというのだ。「おもしろうてやがて悲しき」に一夜分の時間が詠み込まれている。一方、蕪村の句は、芭蕉の句と同様の内容を、鵜飼の終わりだけ描いて表現しようとした。短夜の篝火は、鵜飼の象徴である。宴は終わり、短夜は白々と明けていく。捨てられた篝火をクローズアップすることで、一夜の歓を尽くした後の哀感が漂ってくる。

9　**蕪村の発句**

みじか夜や芦間《あしま》流るゝ蟹の泡　（『自筆句帳』）

水草の芦には節がある。先述（212頁）の「竹」のように「節」「夜」の掛詞は常套的に使われたが、さらにこの句は百人一首の、

難波潟《なにはがた》　みじかき芦の　ふしのまも　逢はでこのよを　すぐしてよとや　伊勢

（難波潟に生える芦の節と節のあいだ、そんな短い間も逢うことなしにこの世を過ごせというのですか。）

の歌を意識している。恋の歌の言葉を用いながら、すっかり恋の気配を消してしまっているところが面白い。極めつけは「逢はで」を蟹の「泡」に変えてしまったことだろう。『方丈記』に、

澱《よどみ》に浮かぶうたかたは、かつ消えかつ結びて、ひさしく留《とゞ》まりたるためしなし。

（流れの澱みに浮かぶ水の泡は、一方では消え、一方では生まれ、長い間同じ状態で留まっていることはない。）

とあるように、泡ははかないものの代表選手。ましてや蟹のつぶやく小さな泡は、あっという間に消えてしまうだろう。短くはかない夏の夜を象徴するような景色だが、同時に夜明け方、さらさらと川の流れる涼しげな表情もとらえている。夏の夜は暑苦しさではなく、涼しさを詠むものだった。

みじか夜や浅瀬にのこる月一片　（『蕪村遺稿』）

みじか夜や浅井に柿の花を汲《くむ》　（『自筆句帳』）

みじか夜や毛むしの上に露の玉　（『自筆句帳』）

などの景も、それぞれに涼しさを思わせるように詠まれている。

コラム「化け物」(N)

清少納言の『枕草子』冒頭は、四季それぞれの美しい時間帯をきっぱりと断定して印象的だ。春は曙。夏は夜。秋は夕暮。冬はつとめて(早朝)。いろいろ考えればどの季節にも他に心ひかれる時間はあるはずなのだが、「春は曙でしょ」と言われると、何となくうなづいてしまう。それは、短めの文を畳みかけてくる清少納言の筆力にもよるだろう。

ところでこの冒頭部の現代版は「春はあけぼの、夏は化けもの、秋はくだもの、冬は鍋もの」なんだそうだ。それぞれの季節を代表する風物で韻を踏んでいるところが心憎い。夏の短夜を楽しませてくれるのは、生臭い風とともに登場する化け物たちである。ただし、怖いものをみて肝を冷やそうという肝試しやお化け屋敷が夏のものとして定着するのは近代になってからで、江戸の化け物には、特に夏の季感はない。もっとも、最近の遊園地のお化け屋敷は一年中営業しているし、ちまたにはホラー映画があふれているから、現代では化け物の季節感は再び薄らぎつつあるだろう。

江戸時代は化け物ばなしの宝庫である。昔から怖い話はたくさんあったが、怪談ばかりを集めた「怪談集」がまとめられ、人気を博したのは江戸時代になってからのことだった。レジャーの少ない時代、人は集まると面白い話や怖い話に興じた。江戸文学の研究者高田衛《まもる》氏は、『江戸怪談集上』（岩波文庫、一九八九年）の解説で、怪談話が好まれた理由として、宿直や民間行事などさまざまな理由で眠ってはいけない夜、怪談が効果的であったことを挙げる。さらに、夜の闇の世界にわだかまる恐怖や不安に対抗しようとする、生活や生命感の実感を支える営みであった、とも指摘している。怪談話の需要は、現代よりもずっと差し迫ったものだった。

そうした中、いつの間にか怪談を語る上での作法もできあがっていった。よく知られているのは「百物語」という形式だろう。文字通り怪談を百話語るのだが、これには、月の暗い夜、青い紙を貼った行灯に、百筋の灯心をつけて、ひとつ物語が終わるごとに灯心を一つづつ引き抜いていく、というなかなか凝った作法があった（『伽婢子《おとぎぼうこ》』）。照明がだんだん暗くなるとスリルもその分増していく。全部話が終わったあとには、必ず「あやしき事、おそろしき事」が起こるとも記されている。百話語らなければ怪異は起きないというところがポイントだ。実際には百話を語るのは大変だろうから、適当なところで終わって、いや、残念残念などといってちょっと安心したりして。ちゃんと逃げ道が準備されているのである。

怪談集ではないが、化け物を登場させる文学作品も江戸時代には隆盛を極めた。蕪村にも怪異現象を詠んだ句がたくさんある。鬼や土蜘蛛など、古来からのコワイ化け物に加え、愉快な化け物文学もあった。豊臣秀吉を蛇、織田信長をなめくじの化物とし、他にも河童や鬼やさまざまなお化けを登場させる秀吉の出世話（十返舎一九『化物太平記』）、桃太郎の家来になったちょっといい男の白鬼を取合って、下女おふく（嫉妬のあまり蛇に

「猫また」（鳥山石燕『画図百鬼夜行』より）

変身！）と許嫁の鬼女が争う話（朋誠堂喜三二《ほうせいどうきさんじ》『桃太郎後日噺《ごにちばなし》』）、見越し入道とろくろ首の間に誤って人間として生まれてしまった主人公が化け物修行をする話（伊庭可笑『化物《ばけもの》世《よ》櫃《つぎの》鉢木《はちのき》』）……ダジャレを連発しながらこうした荒唐無稽なストーリーを展開していくのが、黄表紙と呼ばれる江戸の絵本の特徴であった。江戸時代は人間と化け物の距離が近かったのである。

西鶴の浮世草子や、上田秋成の『雨月物語』などは、怪異現象そのものよりも、そうした怪異に出会った際の、もしくはそれを引き起こした人間の心をテーマにしている。『西鶴諸国はなし』の序文で、西鶴は「人はばけもの」という。金銭欲・出世欲・情欲……人の心のさまざまな欲望が、ふとしたことで、他人をだましたり傷つけたり、果ては殺したりする「化け物」を生む。由緒正しい化け物よりも、実は人間が一番怖いのだ。

最近は江戸の化け物たちがちょっとしたブームで、京極夏彦氏の『姑獲鳥《うぶめ》の夏』（一九九四年）を契機として、多くの妖怪本がヒットしている。水木しげる氏は、鳥取県境港《さかいみなと》市の町おこしにも寄与した。ここでも怖いだけのお化けではなく、豆腐小僧や塗壁《ぬりかべ》などが「カワイイ」キャラに変身し、人気を呼んでいる。隠岐行きのフェリーを待っている間、私もうっかり鬼太郎ラーメンを食べ、一反木綿の手拭を買ってしまった。近代以降、夜の町は明るく照らされ、化け物の潜む闇は人間の世界から遠ざかっている。怪異現象は科学的に解明され、未知の領域もどんどん狭まっていく。空を飛んだり、何らかの術を使う化け物たちは、もはや怖さとは切り離され、幻想世界の住人として親しまれるようになった。飼い慣らされたモンスター、いわばポケモンのようなものである。

しかし、科学の進歩と人の心は何の関係もない。相変わらず人は人を騙しているし、傷つけ、死に至らしめる事件も後を絶たない。「人はばけもの」という西鶴の発見は、現代にも通じるのである。江戸の化け物がいなくなった分、人の怖さが目立つようになった気もする。

さらに今度は科学が新しい化け物を生み出し始めた。核兵器を始めとする数々の殺傷道具、そして、原発。暴走した科学技術は、悪意とはまったく関係なく人を害し続ける。未曾有の災害を「想定外」で片づける人の心も怖いけれど、心のない化け物はもっと怖い。機械や核分裂には「助けて」という訴えは届かない。現代人が江戸の妖怪を「カワイイ」というのもほんとに当然のことなのだ。

――レポートのために――

課題①芥川龍之介『芭蕉雑記』を読んでみよう。岩波文庫がある。

＊参考文献、伊藤一郎氏「「芭蕉雑記」注釈（一）～（五）」（『芥川龍之介研究年誌』①～⑤、二〇〇七～二〇一二）。

課題②「百人一首」は江戸時代に親しまれ、俳諧にも頻繁に利用された。作者や歌の技法について調べてみよう。ちなみに、清原深養父は孫もひ孫も「百人一首」の歌人である。それぞれどんな歌を詠んでいるだろうか。

課題③「短夜」を詠んだ蕪村の句には、物語性の強いものも多い。次の句は、どんな場面を詠んだものだろうか。「白拍子」「翁丸」「同心衆」について調べ、句の意味を考えてみよう。

みじか夜やいとま給《たまは》る白拍子《しらびやうし》

みじか夜を眠らでもるや翁丸《おきなまろ》

みじか夜や同心衆の河手水《かはてうづ》

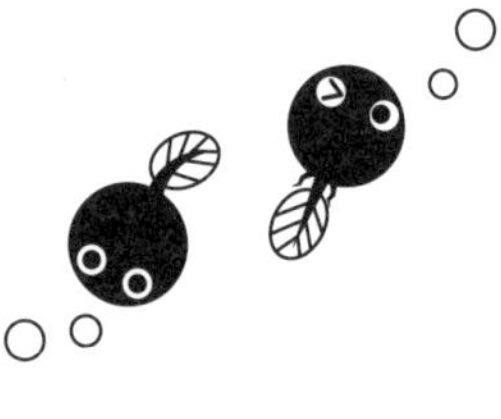

著者略歴

深沢眞二（ふかさわ　しんじ）
1960年生まれ。和光大学表現学部教授。
専門　連歌・俳諧研究。とくに芭蕉、和漢聯句、連歌寄合書。

深沢了子（ふかさわ　のりこ）
1965年生まれ。聖心女子大学教授。
専門　俳諧研究。とくに芭蕉から、蕪村など中興期の俳諧。

芭蕉・蕪村 春夏秋冬を詠む 春夏編　三弥井古典文庫

平成27年9月11日　初版発行

定価はカバーに表示してあります。

©編　者　深沢眞二
深沢了子
発行者　吉田栄治
発行所　株式会社 三弥井書店
〒108-0073東京都港区三田3-2-39
電話03-3452-8069
振替00190-8-21125

ISBN978-4-8382-7091-0 C3093　整版　ぷりんてぃあ第二